鸡 鸣 村

刘夏 著

洞察乡村生活本质，书写儿时记忆中的奇人奇事

花山文艺出版社

河北·石家庄

图书在版编目（CIP）数据

鸡鸣村 / 刘夏著. -- 石家庄：花山文艺出版社，
2022.12
ISBN 978-7-5511-6536-5

Ⅰ．①鸡… Ⅱ．①刘… Ⅲ．①短篇小说－小说集－中
国－当代 Ⅳ．①I247.7

中国国家版本馆CIP数据核字(2023)第014527号

书　　名：**鸡鸣村**
　　　　　Ji Ming Cun

著　　者：刘　夏

责任编辑：刘燕军
责任校对：杨丽英
封面绘画：成　洁
美术编辑：王爱芹
出版发行：花山文艺出版社（邮政编码：050061）
　　　　　（河北省石家庄市友谊北大街330号）
销售热线：0311-88643299 / 96 / 17
印　　刷：北京一鑫印务有限责任公司
经　　销：新华书店
开　　本：880毫米×1230毫米　1/32
印　　张：7.75
字　　数：142千字
版　　次：2022年12月第1版
　　　　　2022年12月第1次印刷
书　　号：ISBN 978-7-5511-6536-5
定　　价：43.00元

请接住天赐的礼物

——谈谈刘夏及其小说

◎ 路 也

如果硬要把人群分属归类进"靠谱"和"不靠谱"两个区域，中间再画上一条分界线，那么，我和刘夏应当画到两个不同区域，但同时又都紧挨着那条分界线。我明显属于"不靠谱"区域，却紧临界线而接近着"靠谱"的一方；而刘夏则明显属于"靠谱"区域，却也紧挨了界线而接近着"不靠谱"的一方。正是在两个区域之间的这条界线上，在擦边之际，我与她相遇了并成了朋友。

迄今为止，关于我这个人的最好的概括性评语来自刘夏，她这样评点我："有一天，我在路上看见一辆开足马力的汽车，一边跑一边漏油……我想，这不就是路也吗?"刘夏劝说人很有一套，当我提及某个学生浑身都是优点，既有才华又做事靠谱，就是有一点令人不太满意，不喜欢说话，从不主动跟老师交流，刘夏反问："你想要一只白脖子的乌鸦吗？"当我们聊起某些人士，凡事喜欢纠结，总是难以决断，态度不明朗，含混吞吐，拖泥带水，温暾暾的，既不说"是"也不说"不"，那样的性情，似乎永远在拉着长长的黏液质地的丝儿，刘夏说："这不就是——纳豆吗？"相应地，我们又顺势给相反的那类言行总是爽脆斩截的人也起上了名字：嘎嘣脆。打那以后，私下里聊起来，她或者我，就会这样说话了："那个人，是一个纳豆。""你刚才说的是纳豆校长还是嘎嘣脆校长？"……如果谈到某篇作品写得沉闷，生趣不足，就说："这篇小说写得有些纳豆感。"

从总体性格来看，刘夏则是与"纳豆"完全相反的人，是一个"嘎嘣脆"。她的上升星座则落在了巨蟹座上，这使得她有了一层富有欺骗性的贤良的甚至传统的外观气质，有着某种疑似的亲和力，于是她与别人远距离接触时，颇获取了一些不明真相人士的好感与好评。但是，只要稍一走近她，就会发现完全不是那么回事。她实际上属于典型的水瓶座，太阳星座落在水瓶座上，思维精灵古怪，脑洞时时大开，不按常规出牌，一开口说话就会说到模板之外去，马脚时不时地就露在了条条框框外面，实在不够中规中矩。她不反对秩序，对秩序表示理解和同情，而与此同时又对那种借秩序之名来行循规蹈矩之实的荒诞事物进行调侃，在不知不觉中又让那些刻板事物土崩瓦解了。除此之外，她的月亮星座则落在了射手座，这决定了她有着热情奔放乃至粗犷的内在人格，有行动力，速度快，冲劲十足。与她交往，感觉她像一颗小太阳，朝四周辐射着能量。

　　贤良、谈吐风趣还热情奔放，这几个特点加在一起，不知怎的，竟颇得老年妇女的欢心，于是刘夏自称"老年妇女之友"。据说她老家的一位中学同学的妈妈，天天盼着她去家里唠嗑，她一说话，那个同学的妈妈就大笑不止，弄得每次相见，老太太都像在过节，那位中学同学老是传话过来，拜托刘夏回老家时一定过去聊天。刘夏的这个特点，千真万确。有一年，我妈妈在医院做了心脏起搏器安装手术，手术第二天，刘夏就去医院病房看望我妈妈了。她在病房里与我妈交谈了不到五分钟，不知谈了什么，其实也没说什么特别的内容，家常话而已，一直痛苦呻吟、满脸愁容的我妈妈竟忽然就快活起来，满脸堆笑，皱纹也绽放开来，圆圆的脸就像一朵盛开的大牡丹。紧接着，刘夏就带我离开医院，外出找小饭馆吃午饭去了……等我饭后返回病房，发现我妈妈还在笑，完全是忍俊不禁，嘿嘿嘿地笑出声来，一直笑到伤口开始疼了，又继续捂着胸口位置发笑，几乎失控。护士警告我妈不准再笑了，小心伤口缝合线被撑开，不利于术后恢复。那天，我费了好大的劲儿才让我妈妈止住笑。我从来没逗她老人家这么笑过。后来，我对刘夏说，你以后不要到医院里看望病人了，尤其刚做过手术的，很危险。

我一直疑心，我与刘夏交往的动机，其实在于喜欢跟她聊天，享受妙语连珠的乐趣。我有一个收集"趣人"的爱好，从某种意义上讲，这也未免不是势利眼的一种吧。

说了这么多，无非是想探讨，刘夏身上的种种特点，加在一起，最适合干什么？我的答案是：写小说。

她像我一样，身份证上有一个朴实到让人无语的名字：刘丽霞。刘丽霞很"靠谱"，在轨道之中，靠学术来安身立命，国家社科基金拿了好几项，C刊论文发表了一大堆。但是，有那么一天，她忽然越轨了，踩着那条界线有些"不靠谱"地变成了刘夏——她开始写小说了。

在小说创作上，刘夏属于省略程序而破格直接上位者。以我的了解和判断，刘夏并未像绝大多数走文学创作道路之人应该做的那样，在阅读完一屋子经典文学作品的基础上，根据"小说作法"之类教导，用堆积如山的文稿来练笔，以至于在用文学把整个人都腌制成一块果脯之后，终于创造出了像样的作品……相反，她像一张白纸那样单纯，直接凭着本性就那么天然地写了起来，全无渐进过程和练习痕迹，就直接写出了很好看的小说。把上面两种情况相较，绝无一分高下之意——我想说的只是，刘夏写小说其实就跟她平时聊天一模一样，那些日常生活中平淡无奇的事情和那些普普通通的人物，不知为什么，一旦经过她的口来讲出或者复述，竟全都变得趣味盎然了，常常会让听者忍不住大笑起来，这里面或许有着水瓶座特有的某种魅力因素吧。英文里"gift"一词，既有"天赋"之意，也有"礼物"之意，既然天赋是上天赐下的一个礼物，那么不必客气，接住就是了。

刘夏以短篇小说见长，在她的"鸡鸣村系列"里虚虚实实地写着她童年和少年时期的村庄——一个位于胶东半岛的村子，应该离海不远，有一条河流淌而过，叫沽河。她的兴奋点在于那个村庄里的人物，且以奇人怪人异人为主要书写对象；她是把她往昔记忆里以及当下生活中所遇到的此类人物全都整合进了那个村子，那个村子是她的经验背景。有一次，我问她："你把所有这些'不太正常'的人都写进了同一个村子，请问，你们村里的正常人都去了哪里呢？"她回答："正常人都在田里干活呢。"

《疯友》是刘夏写的第一篇小说。这篇小说写得很天然，可以说，在无目的之中，符合了目的性。这篇短篇小说里的核心人物是疯三奶奶——这个乡村疯婆子算得上身怀绝技、才华横溢，身上既有着抑制不住的喜剧感和狂欢气质，同时又带着现代人那不可避免的孤独感。小说中那个年少的"我"，在不知不觉中被疯三奶奶吸引着，莫名地自动跟随着她去了，"一个从幼儿园就当班长的好孩子，为什么会跟着疯三奶奶跑呢"，甚至让对方成了——或者相互彼此成了——"疯友"。当然，疯三奶奶跟那些她平素喜欢来往的有着寡妇身份的单身女友们也是彼此的"疯友"。"我"与疯三奶奶的相遇以及我对疯三奶奶的选择，貌似偶然，其实潜藏着某种必然性——受疯三奶奶吸引并跟着疯三奶奶跑了，其实是一种内心世界的外化，表达出对脱离既定的循规蹈矩的生存法则并且走向自由而遥远的地平线的渴望。在鸡鸣村里，疯三奶奶并不拒绝与其他村民们进行热闹地互动，但她在行为上可以做到对村庄规范——当然也包括男权社会之下的女性生存之道——全都视而不见，我行我素，活出了旁若无人的境界。同时在精神气质上，疯三奶奶也是脱离了村庄主流社群并接近于孤立和隔绝的这么一个人，她像是一个独行侠，甚至一个女王。她的所谓"疯"，与其说是疯癫，倒不如说是一种对于个人自由意志的强劲坚守以及任性宣言。正如刘夏自己在谈及这篇小说时，曾经这样说："正常人和疯子的距离时近时远。在某些困境中，主动地疯癫是女性获得生存空间的一种微妙手段。谁是我们的'疯友'？我们又是谁的'疯友'？"

小说《配角》特别关注了在重男轻女的传统陋习之下乡村女孩子的命运。即使在并不落后甚至算得上发达的东部沿海地区的乡村，生了女孩，在相当一部分家庭里，也是一件尴尬的事情。这些女孩子永远是家庭人生计划中的配角，名字起得随便而敷衍，她们要么被遗弃，要么被送走，要么留在家中却地位模糊……然而，无论她们名字叫"芳芳""放放""天天""田田""大嫚""二嫚"，还是叫"樱花""桃枝"，在刘夏的笔下，她们都被郑重其事地对待，被看成了姐妹。作家笔端怀着温柔与怜悯，表达着并没有直接说出来却已经呼之欲出的愿望……

　　《本家二叔》写了一个靠杀猪绝活儿来得天下的本家二叔，却在杀鸡时遇到了"滑铁卢"，遇上一只已经被砍了脑袋却还能飞上屋顶并想仰天长鸣的鸡；《公冶长》写了一个奇特的孤老头子刘老头，他有一手通过剪舌头让鸟开口说话的绝活儿，他本人也听得懂鸟语甚至其他动物比如老鼠的语言……这两篇小说颇有一些"聊斋"的味道。在《娜娜》里面，主人公娜娜以又懒又馋却成人生赢家的大姑为榜样，从小就立下了好吃懒做的生活目标，在经历了一出出的命运狗血剧之后，也算苦尽甘来。在《病号》这一篇里，以照顾病号儿子为借口来逃脱劳作的懒汉父亲，坚决不允许儿子康复，在形势失控并大势已去之后，他竟让自己成功地当上了病号，是一篇将现实主义态度与潜意识心理分析相结合的小说。读《牛得草》，我想起孔子所说"吾未见好德如好色者也"，小说作者并未大发感慨，而是从人性的角度，于反讽之中，对笔下人物给予了宽容和理解，同时小说中的道德感也并未缺席，作者将分寸把握得极好。《周大夫》写了一个乡间医生，他对于村庄的意义应当不亚于那些城市里的学者，小说有"医者仁心"的立意，作者更想借此祝福世间那些忍耐顺从之人沐浴在那来自至高之处的光辉之中。除此之外，刘夏的小说中还有花脖子、傻子小强、张胜利、寡妇老胡、高爷爷、诗人王光荣、靠卖苍蝇药起家的王文化等形形色色的鸡鸣村人物。

刘夏的绝大多数小说都带着明显的"鸡鸣村"标志，可以划归进她的"鸡鸣村系列"。同时，还有一些则属于"鸡鸣村"的延伸部分，或者说成是"后鸡鸣村"部分也未尝不可。比如，《床前明月光》所涉及人物，那个在图书馆里查资料的"我"，毫无疑问是从鸡鸣村走出来的学者，那位"诗人"谁说就一定不是从鸡鸣村走出来的呢？所以，此篇亦可划归"鸡鸣村人物系列"之中。《床前明月光》写得很巧妙，一个是在《宋诗全集》里搜寻唐朝李白诗句并用反证法归属于自我名下的行为，一个是幻想自己是谷粒并担心被鸡吃掉的行为。两者毫不相干，竟两相并置，自动呈现效果，所涉人物均属妄想狂，在近似"两小儿辩日"般的简省对话里，最终引出了箴言。在这个据说以作者亲历为底版而写成的小说中，原本只不过是笑话和段子的素材，竟由于作家非凡的洞察力和高超的叙述才能而被创作成一篇意味深长的寓言式作品。

作者通过对这些鸡鸣村人物的书写，呈现了一幅中国北方风俗的画卷，同时使读者得以窥视当代中国的乡村意识。在不知不觉之中，鸡鸣村成了可将现实高度浓缩——兼具符号化和标本化的——"未庄"。

刘夏小说中那些貌似不太正常的奇人怪人异人，只是一些溢出世俗秩序模板的人物而已。作者对他们怀有比所谓正常人（或者说常规人、规范人）更多的爱意，以至于笔调在情不自禁的幽默里又常常夹杂着不知不觉的温柔。这些貌似不太正常的人物的存在，可以成为对于人类那过于均衡的生存境况的补充，也可以对过于呆板的精神状态以及有些麻痹的神经系统形成刺痛和提醒，还可以对人性平均主义以及道德安全主义形成一种反拨，甚至这些奇人怪人异人来到这茫茫人群之中，说不定，还带有某种说不清、道不明的使命。与此同时，不可否认，从写作学角度来看，我们从这些被命运挟裹着不得不"特立独行"之人身上，从他们那些荒唐可笑又令人同情的言行之中，更容易发现和看清楚那被放大了的人类本性和生存困境——他们比所谓正常人更具有个体的光泽以及抽样调查意义。设想一下，如果换成一个新的参照评价体系或者一个更广大的坐标系，他们很可能是一些更正常也更可爱的人。实际上这个新的参照评价体系或者更广大的坐标系，已经在作者心目中——同时刘夏又带领着读者——悄悄地建立起来了。

读刘夏的小说时，我偶尔会想起舍伍德·安德森所写的俄亥俄州的温斯堡镇上那些怪异人物。我当然知道刘夏对安德森完全不感兴趣。刘夏这些同样以奇人怪人异人为核心的小说，可能写得没有安德森好，没有安德森对于人物灵魂挖掘得那么深入那么细微，但她确实把小说写得比安德森的更好读，也更好看。安德森在他的一篇小说里表达过一个意思：在果园里，采果人总是喜欢那些大而圆整的苹果，总是剩下那些隆而有节并歪斜不整的小苹果，而只有少数人知道这些被挑剩下的歪皱苹果的甜味，全部甜味往往就集中在旁边隆起的那种位置，于是有人跑遍冰冻土地，一颗颗地找寻那些歪苹果。如果从这一美学倾向来看，刘夏与安德森对于歪斜苹果的兴趣则是完全相同的。对于和谐美学观念的彻底背叛，恰好体现出了小说的现代性。

刘夏的小说写得都不长，是典型的短篇小说，有的还可以称之为小小说。她的每一篇小说的架构或者框架都比较小，但是，这一篇又一篇背景、内容、格调都比较相似的小架构小框架联合在一起，就形成了"鸡鸣村"或者"鸡鸣村人物"那样一个大架构和大框架——这就使得这样一批小说成了系列，甚至隐约包含着有朝一日形成长篇小说的气势。这些篇篇都包含并突出了某个核心人物的小说，均被以跳跃的拼贴方式组织起来，又通过"我"那断断续续的视角以及那时现时隐——有时直接有时间接的——在场，使它们进入一个有着共时感的整体原则之中。

刘夏小说的叙事是流畅的，毫无沉闷之感，不知为何，读起来会常常让读者屏住呼吸或者大气不敢出，总有"要出事了""就要出事了""很快就要出事了"这样的感觉。当然到了小说结尾，可能什么事情也没发生，或者至少没发生什么大不了的事情，但是某种紧迫感却会一直伴随着阅读过程……莫非这就是雷蒙德·卡佛所讲的短篇小说应该具有的那种"危险感"？

未曾研究过"小说作法"的刘夏，写起来随意且任性，海明威的"冰山理论"也不是放之四海而皆准的。她似乎在反其理论而行之，根据水面以上露出来的那八分之一的冰山尖尖，带领着读者一起去探寻水面以下的那八分之七的部分究竟是什么模样——奇怪的是，这个反海明威的行为，并未造成多余和累赘，更没有失败。这个揭露的过程正是探险的过程，读者被调动起来与作者一起来探索未知领域的好奇心，写小说和读小说，都成了一种快乐的智力游戏。然而，我还想说的是，从刘夏的叙事方式本身来看，小说对于她并不是试验田或者实验室，并不暗藏什么机关。她不要任何花招，不使用心机，更不用十八般武艺来营构陷阱，甚至都不怎么用力，似乎只是按部就班并风轻云淡地写出来，竟然就已别开生面了。至于其中的幽默，也并非有意为之，却无时无处不存在——读起来会笑，从开始笑到最后，但读者同时又知道作者并不是故意要惹人笑的——作者自己并没有笑，读者想乐，那是读者自己的事情。

刘夏在小说之中所使用的语调，总是一副讲故事的语调，似乎正在给我们讲一个有开端、发展、高潮和结局的故事，但渐渐地我们发现，她不是一个编织故事的能手，而是一个述说细节的能手。她的每一篇小说其实都是散文化的细节组合体，当然，她可以把那些细节写得比一个完整故事更加好看，也更加热闹。

至于刘夏小说的语言风格，正如其本人为人处世的做派一样，修饰语用得很少，没有所谓"美文"的情绪泛滥与语义模糊，每个词语都像铁钉子一样，板上钉钉，各归其位，带着各自的力度，直抵事物本质。有时候试着单单把其中某些段落抽出来，独立成篇，也是很有味道的随笔。

从世俗意义上讲，刘夏是一个被学术事业耽搁了的小说家，但只要开始，就来得及，一切都不会太晚。相信上天自有安排。最后，从我个人意愿出发，祝她今后越来越"不靠谱"吧。

2022 年 4 月于济南

目 录
CONTENTS

疯　友

　　疯三奶奶那天风风火火地从我们家门口经过，我刚好放学回家。她对我招了招手，热情地喊了一句"走啊"，我就放下书包，穿过人群，跟她走了。

　　那天对我们家而言，算是个大日子。爸爸妈妈忙着张罗翻新房子，一众本家邻居都来帮忙准备上梁。上梁是盖房子一个标志性事件，意味着大功马上就要告成。那天之前的一段日子，每天放学回家，我都会看到瓦匠们认真有序地砌墙。我每天的日子也是认真有序的，我不能参与建房子，但我会在放学后迅速写完作业，回到家后拿起篮子去挖野菜。我是个挖菜能手，分得清各种野菜的形状和味道。那时我们家养着猪鸭鸡鹅各种动物，我知道它们各自的口味，每天它们都等着我拎着一大篮子野菜回来，围上来大声欢呼，然后各自心满意足地享用。可是那天它们失望了，一直到很晚我才溜回来。花猪在圈里不满地大声哼哼，没有吃到它预期中脆嫩多汁的马齿苋。鸡鸭鹅们从窝里探出头来，各自失望地喊了几声，又缩回头去。不知谁烦躁间踩踏了谁，忽然起了一阵大的喧嚷，我赶紧过去安抚，答应明天一定去多挖菜，不满才慢慢平息下去。

多年以后，我似乎仍难以理解，一贯循规蹈矩的我，为什么那么轻易地就跟着疯三奶奶走了。也许那天大人们的世界都被上梁这件大事塞满了，一个孩子的世界，忽然就开了一道裂缝，让我得以脱身而出。但这似乎不能足够解释我的出走，毕竟我跟随的是大家都很避讳的疯三奶奶。我只能说，疯三奶奶身上有一种深深吸引我的东西。她对我一招手，我内心深处发出明确的回应，加上大人们顾不上我，于是我就像一根小铁钉遇到一块大磁石一样，被她吸走了。

我记得自己跟在疯三奶奶的身后，甩开大步自西向东走。我不得不甩开步子，因为她走得太快了。太阳还亮着，她的头发上跳跃着点点金光。她似乎踩着一阵隐隐约约的鼓点，很有韵律地摆动着身子。她好像是欢欢喜喜地去赴什么宴席，因为她很快就唱起来了。她一边走一边唱，我记得平时她也经常这样在街上边走边唱。但平时她是作为一个疯婆子在唱，今天却是我的领路人。不过我下意识跟她隔了几步，因为我们一路上不时地遇到一些人，我不想让大家觉得我跟她是一伙儿的。她似乎沉浸在自己的欢乐世界中，似乎忘记了我。于是我们一大一小，就这么风风火火地走在夏日暖洋洋的街道上。那是一条贯通我们鸡鸣村东西的街道，我们从村子西头一直走到东头，然后疯三奶奶身子一扭，扭到了另外一条小路上。我赶紧跟上，她在一家门口停下来，门口有棵大槐树。她直接推开门进去了，就像那是她自己的家一样。但我知道，那肯定不是她家，她家就在我们家对面不远的地方呢。这时她回头看看我，笑眯眯的，于是我也跟着她进去了。我刚迈过门槛，就听见一阵热气腾腾的欢笑声："哎呀，你来啦!"疯三奶奶也热气腾腾地回应道："来啦来啦!"我抬起头，看见一张圆圆的笑脸。疯三奶奶拉着我的手，介绍道："这是我本家的孩子，小画儿!"圆圆的笑脸更圆了，拉着我的手，那手热乎乎的："来来来，进屋来，我有好吃的!"

圆圆脸拉着我进了屋，屋子里很凉快，也很干净。疯三奶奶三步两步就上了炕，圆圆脸找出一大堆花花绿绿的东西，摆在炕边上，瓜子、花生、糖块……"吃吧，吃吧，好孩子!"她把东西往我眼前一推，然后就上了炕跟疯三奶奶大声聊起天来。她们边聊边笑，边聊边吃，简直要把房顶给抬起来。我把每样东西都尝了尝，味道真不错。瓜子和花生都是自家炒的，带着一股纯朴的新鲜香气，完全不像是小卖部里卖的那种加了香精、软塌塌搁了不知道多少天的五香瓜子。糖块也很新鲜饱满，不像是有人舔过的。我小时候吃糖，剥开糖纸总要先分辨一下是不是有人事先舔过它们。这个习惯是因为我有个远亲，曾自己开了一家小卖部。他家卖的糖有个特点，就是比一般商店卖的要小一点儿。后来有人发现，原来他们家卖的每一块糖，都被他们家小孩给舔过，甚至放在嘴里含化过，然后又重新包起来再卖。为什么会被发现呢？因为有一次被抓了现行。本来他们家小孩都是晚上偷偷干这事，可是有一次其中一个小点儿的孩子没忍住，大白天就舔，于是就被买东西的人给抓住了。这下小卖部就倒闭了，倒是便宜了他们家几个小孩，有一阵子可以日日夜夜吃糖，于是牙都生虫蛀了洞。

我趴在高高的炕沿上，有些好奇地看着疯三奶奶和圆圆脸，她们眼神明亮、神采飞扬，聊到兴奋处，还情不自禁地拉着手，或是拍着腿，笑得前仰后合。我们胶东老家都是土炕，土炕连着锅灶，这样只要一烧火做饭，土炕就热了。这算得上是一个伟大的发明，因为解决了冬天取暖的问题。当然，夏天热炕头不是什么好去处，不过夏天做饭少，除非蒸馒头，吃凉菜的时候居多。圆圆脸的炕沿凉凉的，扒在上面很舒服。我吃饱了，就跑到院子里玩。圆圆脸的院子很大，扫得很干净，就像她梳得整整齐齐抿在耳朵后的头发。院子里还种了好几棵果树，一片欣欣向荣的景象。树下有几只鸡在认真地捉虫吃，头一点一点的。

玩着玩着，我有些累了。天忽然阴起来，下起雨来。我听见疯三奶奶在屋里喊我，就跑进了屋里。我说："三奶奶，我困了！"圆圆脸找来一个摇摇椅，让我躺在里面。疯三奶奶安慰我说："等雨停了，咱们就回家！"我似乎很快就睡着了，睡梦中依然听到她们开心的笑声。等我醒来的时候，我发现自己躺在疯三奶奶的怀里，她慈祥地低头看着我。我看了看周围，一切都是陌生的感觉，莫名地觉得有些害怕。我挣扎着起来，说要回家。疯三奶奶说："咱们这就回家啊，莫怕。"回去的路上，雨已经停了，只是有些路滑。天黑下来，疯三奶奶领着我，我们默默地走着。我有些担心回家后被妈妈责骂，如果她看到我跟疯三奶奶在一起，她肯定会生气的。我一直都很听话，从来不惹是生非。一个从幼儿园就当班长的好孩子，为什么会跟着疯三奶奶跑呢？

回去的路，于是变得格外崎岖不平。我甚至想甩开疯三奶奶的手，可是天黑路滑，我有些怕，加上她的手很有力，我只好跟着她继续走。她似乎也感觉到我的抗拒，一声不吭，埋头走路。我们沙沙的脚步声，有些瘆人。我老觉得身后有个东西跟着我们，而疯三奶奶虽然是个大人，却无力阻止那个东西的跟踪。终于看到家了，我心里一下踏实了，挣脱疯三奶奶的手小跑起来。帮忙上梁的一些本家邻居还没走，家里好几盏大灯亮着，灯光下大家开开心心地吃着盘子里最后的一些菜，喝着杯子里最后的一些酒，每个人脸上洋溢着满足的笑容。令我特别高兴的是，爸爸妈妈都在忙碌着招待，笑容满面，他们似乎根本没有意识到我的溜走。我一下子深深地爱上了这个新家，我看着崭新结实的大梁，摸着瓦匠们精心砌成的墙壁，我想我要一辈子住在这个宽敞明亮的房子里，哪儿也不去。然后，我怀着愧疚去看我的猪鸭鸡鹅们，发誓明天要让它们吃上双份儿的好菜，而且决定我以后再也不跟着疯三奶奶乱跑了。

　　秋天的一个周末，我在街上和小朋友一起玩。我记得那时，小伙伴们有无穷的乐趣。我们用泥巴搓成小球，在太阳底下晒干，便成了坚硬的溜溜球。单是这种自制的溜溜球，便有很多种玩法。几个人放学后一聚，剪子包袱锤决定顺序，便在平坦的地上铺散开溜溜球，用自己的球去弹别人的球，弹到了便归自己。球溜溜地跑，人也溜溜地跑，好像整个世界都是我们的。路边有一户人家，种了几棵大枣树，树头很大，探出墙来。脆甜的枣子挂满枝头，我们便用溜溜球去砸枣子，砸下来便是自己的。被砸中的枣子，红着脸一头栽下来。砸中的神射手，在小伙伴们的欢呼声中，飞奔着捡起胜利成果，一口咬下去，总觉得比买的要甜一百倍。

　　那天我砸下来的一个枣子，正好落在路过的疯三奶奶的头上。她吃了一惊，大声嚷起来。小伙伴们一看，都吓跑了。待看到是我，她脸上的怒气忽然消失了。她招呼我："我要去我干姊妹家，她家有棵大枣树，结满了大枣，你去不去？"干姊妹就是结拜姊妹，结拜姊妹的大枣树就是疯三奶奶的大枣树。我想了想，爸爸妈妈今天都有事不在家，我去去就回，他们不会发现的。于是，我就跟着疯三奶奶走了。

疯三奶奶的干姊妹住在我们镇上，不过因为我们村和我们镇紧挨着，所以我们没花多少时间就到了。疯三奶奶的干姊妹家居然在镇中心一条幽静的马路边上，有点儿闹中取静的味道，着实令我羡慕了一下。疯三奶奶领着我在一个大门前停下来，她敲敲门，喊了一声。一会儿工夫，我听见有人迈着轻盈的步子走出来，热情地答应了一声。大门一开，我眼前一亮。一个好看的年轻女人，穿着一件漂亮的花衣服，一脸笑容地看着我们。疯三奶奶介绍我："这是我本家的孩子，小画儿！"花衣服的笑容更深了，拉着我的手："快进来啊，我有好吃的给你！"我走进去，好大的一个四方院子！院子中央，有一棵很粗的枣树。那枣树并不高，但树头很大，许多红枣掩在叶子里，探头探脑。疯三奶奶推了我一下："去摘着吃吧！"我欢呼着冲过去，借着一股子劲儿竟然爬上树去。疯三奶奶和花衣服都笑起来，然后她们就亲亲热热地进屋了。我听见她们在屋子里开心地大笑聊天、吃东西，我在树上也开心地吃起枣子来。

对于没有在树上现摘现吃成熟果子的人来说，那种快乐是很难体会的。那次树上吃枣子的经历，让我以后看到每一种被摆在市场上卖的果子，都有一种微妙的同情心理。那些被摘下来卖掉的果子，通常都不会十分熟，否则在运输过程中会很快烂掉的。所以大多数果子其实是在尚有几分生的情况下，便被粗暴地摘下来，然后通过焐熟等方式，草率地进入人们口中。那其实不是它们真实的味道，但它们就这样被无情地轻视了。这是不公平的呀，可是这就是大多数果子的命运，有什么办法呢？就像一个人拼命在跑道上跑，眼看还有几步就要冲线了，可是裁判突然吹哨，宣布比赛结束了。这次上树还让我产生了一种冲动，就是一见到果子，我就想爬上树去品尝，觉得这样于己于果子才都是好的。因为这一点，我从小对猴子很有好感。小人书上画着猴子们伸出长长的手臂去摘香蕉，我就想，猴子这种动物，单单对于香蕉而言，也是很值得存在的。我敢肯定，我们在北方吃到的从南方长途跋涉运来的香蕉，绝对不如南方猴子直接从树上摘下来的好吃。东西和吃东西的人之间，是一种极其亲密的关系，这种关系是贴心贴肺，牵肠挂肚的。所以我每次吃东西，都尽可能开开心心地吃，让被吃的东西也开开心心的。

我长大以后，结交人的时候，有一个小小的标准：我会暗中观察人吃东西的样子，如果一个人吃东西时一派忠厚老实的样子，我就觉得他基本上是可交的。也因此，我非常讨厌那些吃东西时挑肥拣瘦的人，带着一种莫名其妙的高高在上的优越感，好像东西求着他们吃似的。疯三奶奶和她的女友们吃东西时，一边吃一边开心地大笑，各种干果水果都喜气洋洋的。单就这一点，我觉得她们比很多人都强。

后来我注意到，疯三奶奶的女友们似乎都是单身。我在圆圆脸和花衣服的家里，都没有看到男人出入，也没有小孩的影子。我曾就此事专门问过她，疯三奶奶告诉我，圆圆脸和花衣服都是寡妇。不过后来我推测，寡妇大约都是比较势单力薄的，为什么还能镇得住大房子呢？大概她们都跟疯三奶奶差不多，是疯三奶奶的疯友吧。疯疯癫癫算是一件武器，就像一个门神，挡住某些对她们不利的人和事。

至于疯三奶奶，她可不是寡妇。她不但有丈夫，还有好几个儿子女儿呢。在我印象中，有一件事很奇怪，就是疯三奶奶后来有一阵儿不疯了。为什么呢？我听家里人说是因为她大儿子疯了。疯三奶奶疯的时候，她大儿子就不疯；反过来，疯三奶奶好了，她大儿子就疯了。他们似乎商量好了，轮流疯一阵儿，轮流歇一阵儿，就像一对亲爱的互帮互助的疯友。但也有可能，那股疯劲儿是有配额的，某一个时段只能满足一个疯子的剂量。

疯三奶奶的大儿子是用一种很华丽的方式，宣布自己疯了。一个大年三十的晚上，村里家家户户都热热闹闹地吃了年夜饭，然后熄灯休息。忽然，我被一阵猛烈的脚步声惊醒，那声音很像前几天看的电影中鬼子进村的皮靴声。我从炕上坐起来，发现窗户外面呼呼地冒红火。很快，整个村子都沸腾起来，大人们的喊叫声，小孩子的哭闹声，一个凄厉的声音道破天机——"起火啦！快灭火啊！"我冲出门去，漆黑的深夜里，整个村子一片红彤彤的，仿佛整个天空都被染红了。大街上人影幢幢，每个人手里都拿着一个盆或者一个桶，家家户户都拼命往自家门口的草垛上泼水。昔日沉默寡言的草垛们，现在忽然排着队，自西向东，一个个光芒万丈，豪气冲天。邻居老头儿一边咒骂着，一边指挥他的五朵金花，奋力与烈火搏斗。邻居的邻居则哭喊起来，完全没有一点儿男子汉的尊严。我躲在阴影里，看着这一场突如其来的大火，看着这一个个宛如大红灯笼的草垛，觉得它们就这样呼啦啦了结自己，也算有几分壮烈，何必把它们浇得灰头土脸、发出垂死挣扎的颓败气息呢？这些惊慌失措的人们，叫嚣乎东西，隳突乎南北，似乎忘记了这些草垛的原本命运就是用来燃烧的。他们习惯了每天从这些草垛上抽取一点儿，用来烧水做饭，习惯了慢慢杀死这些草垛，满足自己一天天的微薄所需。但现在这些草垛选择另外一种决绝壮烈的方式燃烧自己，他们就不肯了。他们要用各种能抓到的奇形怪状的器具，装上能取到的各种或干净或污浊的水，迫不及待地泼向这些狂欢中的草垛，阻止它们的欢乐，掐断它们的激情。最终他们得到的，不再是以前的草垛，而只是一团一团乌糟糟的废墟。几个小时的战斗结束后，家家户户都精疲力竭、灰头土脸，犹如残兵败将，拿着各种乱七八糟的武器从战场上退下来。空气中弥漫着一股难闻的令人窒息的烟灰味，这个年夜算是给彻底毁掉了。

第二天一早，便有消息传来，说是昨晚疯三奶奶的大儿子用打火机一路走一路点燃草垛。罪魁祸首被揪出来了，很多人冲到疯三奶奶家门口，要求严惩罪犯。可是疯三奶奶的丈夫出来解释说，他大儿子昨晚疯了，今天还在家里发疯呢。果然，大家听到疯三奶奶家里传出鬼哭狼嚎般的声音，后来又变成瘆人的狂笑。于是大家就摇着头慢慢散了，不过有细心的邻居质疑，为什么疯三奶奶的大儿子没把自己家的草垛点上呢？他如果真疯了，应该先把自家的点上才对。

后来大家慢慢发现，疯三奶奶的大儿子真的不正常了。他原本是个沉默寡言的人，现在他经常走在街上，随机推开别人家的大门，径直走进院子里，然后滔滔不绝地发表一番长篇大论，言辞激烈，情绪亢奋。点燃草垛的那个瞬间，他似乎把自己也点燃了。他喜欢成为大家注视的焦点，围观旁听的人越多，他越兴奋。如果哪家院子里有个高台，那再合适不过了。他噌地跳上去，手臂一挥，便开始了演讲。我怀疑他是从电视里学到的那些手势和台词，但他完全真诚地投入其中，所以表演的性质便微乎其微。他不同于电视里那些心不在焉或者背稿子的家伙，而是透露出几分革命家的风范。他演讲的时候，眼睛望着半空，脸上显出欣喜若狂的表情，似乎是在跟某个过路的神仙聊天。所以地上的嘲弄和不屑，他根本留意不到，别人的指指点点，也丝毫影响不到他。每次只有他口干舌燥、身体疲乏的时候，才会停下来。每次临走时，他都不忘捎点儿东西。一个空瓶子，一块破砖头，他都美滋滋地捡起带走，似乎是对自己的奖赏。实在没有东西可捎，他也要折根树枝带走，总之绝不空手而归。

　　偶尔他也会来我们家。我见了他，会叫他一声"叔叔"，他点点头，嗯一声。我们家的院子里没有台子，他转了一圈，只好在院子中央站住。因为是本家，爸爸对他比较客气。若是赶上吃晚饭的点，爸爸会招呼他："先别说，吃点儿东西吧。"但他从来不吃，还跟我们客气一番。然后我们吃饭，他在旁边演讲。我有时觉得他演讲内容逻辑有问题，插嘴问他，他也会停下来解释一下。如果解释不了，他就若有所思地停下来，眼睛望着半空。虽然我是个孩子，但他也不敷衍我，答应回家再好好想想，演讲便因此中止。临走时，他依然会拿点儿东西犒劳自己。为了防止他折我们家门口的那棵无花果树，我会特意在大门口放几个空瓶子。自从发现了这个中止他的秘诀之后，我每次都会认真地听他演讲，及时地指出他的逻辑问题。我长大后发现自己逻辑还算比较清晰，也许有一点是得益于这个训练。我也不能容忍有些人谈话时逻辑混乱，东一榔头西一棒槌，似乎眼睛鼻子胡乱长在脸上。而且有些人的逻辑混乱是接连不断的，就像走路时不断踢到石头砖头，于是我只好赶紧掉头走人，免得被绊倒摔残。

把村里所有人家串了一遍之后，疯三奶奶的大儿子消失了。一个月之后，他被临县的公安局押送回来。渐渐地，周边县区的公安局都为他服务过，周边县区的草垛们也时常被他点了天灯。他简直成了草垛杀手。不过，狂欢总是耗心神的。有一天，从外地回来后，他或许累了，蜗居家中几天后，似乎清醒过来，重新陷入沉默。

在他发疯的日子里，疯三奶奶很安静，大街上看不到她扭动的身影，也听不到她歌唱的声音。但当大儿子回来清醒之后，她重新回到大街上，回到属于她的舞台。有了儿子的加盟，她似乎疯的能力增强了。以前她只是兴之所至地扭唱，现在她有了鲜明的现实批判意义。她似乎利用清醒时间，梳理了村民和他们家的关系，等到疯的时候，便把她不满的对象编排成曲，吟唱出来。而且，她不会搞错对象，定好位后，她可以在定位对象大门口唱上一天，吸引不少闲杂人员围观。她的唱腔有种特别的穿透力，抑扬顿挫，尾音悠长，似乎鞭策你不得不听进去。如此一来，她居然有了一定的震慑力，暗中欺负他们家的大大减少了。有的人家受不了了，开门向她道歉，或者拿点儿小礼物送给她，她居然也听得懂、识得相，提前收场。有围观者问她这样天天唱，累不累？她仰脸一笑，一跺脚，一扭身，唱道："三天不吃饭，照样把活儿干……"

随着年事日高，疯三奶奶越来越趋于安静。有时我回老家，她听说了，会带上一小袋自家种的花生去看我，我也会回礼给她。本家的老人越来越少了，她算得上老资格。虽然不少人仍忌惮她，但我见了她，总有几分亲切。不过她大儿子却是每况愈下。听说疯劲儿上来，在大街上见到小姑娘会抱住拖住，乱啃一番。于是小姑娘们都警惕他，可是他在暗处，防不胜防。有时他会事先埋伏在草垛后面，出其不意攻其不备，引起一阵吱哇乱叫。他于是被扭送过几次派出所，可是最后也是不了了之。家里人也考虑把他送到精神病院，可是他有手有脚啊，经常半夜砸开门跑出来。最后，精神病院也无法收治，他又被送回家。听说他被圈禁起来，我始终没有勇气去看他被圈禁的样子。月明星稀的晚上，有时会传来他狼嚎一般的凄惨叫声。我记得小时候，大人常会引用一些奇怪的名字，来吓唬某些不听话的小孩。现在，他也进入那个谱系中了。

写到这里，我忽然想到，那年他引爆的草垛事件，还牵涉一个人。村民们在清理草垛的时候，很多人家发现草垛里埋着酒瓶子，而且是没开封的酒瓶子。很快有人出面，承认此事是他干的。那个人是我一个小学同学的爸爸，一个有名的酒鬼。他为了证明那些酒瓶是属于他的，还专门现场演示了一下他的行动路线，就像福尔摩斯现场解说破案依据。果然，经他提示，大家发现，那些酒瓶不是杂乱无章地放的，而是有一个明显的起点和终点。起点是他家一块地头的草垛，终点是他家大门口的草垛，沿途路标便是这些酒瓶。据他本人解释，他每天去地里干活，地两头都要分别放置一瓶酒。他从地的这一头开始干活的时候，先打开酒瓶喝一口，算是开工仪式，然后一口气干到地的那一头，再喝一口补补劲儿。如此往返不断，喝酒不断。每天活干完了，酒也喝完了。回家的路上，若想要继续喝，他就每间隔一段路在草垛里藏一些酒瓶子备用。这个解释堪称完美，大家纷纷点头没有争议。于是，酒鬼逼着他老婆拿着篮子，像捡宝一样把深埋在草垛里的酒瓶都捡回家。因为酒鬼和他的酒瓶事件，大家热议了好几天。经过不同版本的演绎，草垛埋酒瓶的故事越来越经典化，以至于后来村里甚至方圆几里内的其他酒鬼也深受启发，纷纷划定自己的路线，像埋地雷一样，埋下让自己欲仙欲死的酒瓶。

但仿效者们终归是平庸的。他们可以模仿酒鬼一号的埋地雷动作，却无法复制他传奇般的死。我记得那天真是个大新闻，酒鬼家里一片喧哗与骚动。酒鬼家就像一个旋涡，把整个村子都搅动吸引了。亲眼见过的人眼睛睁得大大的，嘴里倒吸着凉气，在听众们的敦促声中不断推进故事。我很遗憾，因为等我放学的时候，事件已基本落幕了。所以如此精彩的故事，我是从疯三奶奶的口中听到的。

"烤鸭！真正的烤鸭！焦黄流油的烤鸭！"疯三奶奶用一连串的感叹作开场白。但她忽然想到，听众里可能有人根本就没有吃过烤鸭，便停下来，像个有经验的老师一样提问："你们吃过烤鸭吗？"果然有人摇摇头，但露出羡慕的神情。"啊，那你就只能听听了。我在我干姊妹家吃过！我干姊妹每到赶集的日子，就在集上卖烤鸭。她的烤鸭，那是一绝！焦黄流油，喷喷香！"但疯三奶奶说到这儿，忽然眉头一皱，露出一丝难过的样子，好像那绝味烤鸭被什么玷污了一般，"可是，你们见过用人做成的烤鸭吗？"大家于是悚然一惊。疯三奶奶趁势讲述了下面这个故事。

据说酒鬼那天心情很不好。他本来吃完早饭打算去地里干活，没想到天气太热，他在地头喝过酒之后，就想先在大树底下凉快凉快再干活。一觉醒来，就到了下午。他一摸口袋，忘了带馒头了，可是有些饿，便抓起酒瓶咕嘟咕嘟都喝了。喝完后，他忽然痛恨起他老婆来。其实他每天都痛恨他老婆，今天因为没带馒头格外痛恨。他老婆是个病秧子，勉强生完三个女儿之后，再也没有能力给他生儿子了。从生完第一个女儿之后，他就开始打她，打得她见了他就像老鼠见了猫。他老婆越来越瘦弱，整天怕冷似的耸着肩，简直成了一片哆哆嗦嗦的枯叶子。每次他回到家，她赶紧迎上来，为的是让他踢一脚。以前她不识相，不肯主动迎上前来，于是便被踢到飞。那天酒鬼一路上心气不顺，借酒浇愁，沿途又从草垛里拿出几瓶酒喝了。等到家时，他已经大醉。他像个强盗一样砰砰砸门，暗暗憋足了劲儿，在他老婆开门之后，一脚把她踢上了天。他跟跟跄跄地上了炕，抓起一床被子盖在身上便昏睡过去。他老婆当时正在家里蒸馒头，眼看火苗从锅灶里冒出来，她赶紧爬起来继续去烧火。等馒头蒸好后，她也不敢吱声。天黑了，她炒了两个菜，孩子们吵着要吃饭。她鼓起勇气去喊酒鬼，喊了几次也不见他有动静。因为平时酒鬼不开吃，大家都不敢吃。所以，为了孩子们，她冒死上去推他。结果推了几次，都没有什么反应。她忽然心头不安,掀起被子。啊……她一下子就傻了,大呼小叫起来。

疯三奶奶讲述这个故事的时候,逻辑清晰,语言生动,表情丰富。我们一声声的讶异惊呼,像是为她伴奏,这让她越讲越起劲。也因为疯三奶奶的精彩讲述,让我对烤鸭这种美味充满了一种奇怪的向往。如果你整天想着一个东西,那个东西早晚会来到你的面前。不久之后的一个集日,我真的吃到了烤鸭。

那时每隔五天,我们镇上就会有一个集日。赶集可是一件大大的盛事,周边村庄里的人带着各种各样的东西汇聚到一起买卖,就像成百上千条小河流汇集到一起,组成一个喧嚷的大河湾。集日也是小孩子们极其向往的日子,就像过节那么开心。每逢那天,妈妈都会给我一点儿零花钱,让我去集上买点儿自己喜欢吃的东西。那个集日,正好是周末,我一大早就醒来,吃了点儿早饭,带着妈妈给我的零花钱便出门了。我一路上紧紧攥着那些卷起来的纸币,我敢打赌,即使是最高明的小偷,也无法偷走我的钱。每逢集日,江湖上形形色色的小偷都会出动,就像参加武林大会一样各显身手。妈妈曾给我讲过一个小偷的故事,令我印象深刻。说是有一个小偷,某个集日上跟踪一个衣着光鲜的女人。他知道这个女人带着钱,因为看见她买过东西。可是跟踪了一上午,摸遍了这个女人的皮包夹层和衣服口袋,都没有得手。

眼看这个女人买好东西准备骑车回家，他紧跟上去，趁着人少，上前搭话："这位大姐，说实话，我跟了你一上午，却没有得手。我不偷你了，但你能告诉我，你把钱放在哪里了吗？"这位大姐笑笑摊开手，原来钱在手心里攥着呢，小偷于是很服气地走了。自从听了这个故事，我每次去集市，也都把钱攥在手心里。只要手在，钱就在。

我脚下生风，很快就听见集市上传来的闹哄声，就像一口大锅里煮着各种东西，发出各种气味。我直接奔向卖水煎包的地方，一小盘刚出锅香喷喷的韭菜鸡蛋水煎包是我的大爱。排队的人总是很多，我那时一个临时的人生理想就是嫁给一个卖水煎包的，这样我就不用排队等了。不过卖水煎包的老婆好像很辛苦，一刻不停地在旁边揉面包包子。等我吃完了水煎包，我就把这个人生理想搁一边儿了。我擦擦嘴，准备奔向卖杠子头火烧的摊位。据说那火烧是用很粗的大杠子压面做成的，是又硬又酥又香的圆饼，全然不像那种没花什么力气随便揉成的软饼。食物是诚实的，你肯花力气肯费心思，它就肯定好吃。就在我排队买杠子头火烧的时候，有人轻轻拍了拍我。我抬头一看，原来是疯三奶奶。她笑眯眯地说："别排队了，跟着我，我去我干姊妹那儿，给你要点儿烤鸭吃。"疯三奶奶像条大鱼灵巧地穿过人群，我也像条小鱼跟上去。等她停下来的时候，我看见好几只金黄的烤鸭，一溜儿摆在一个干干净净的玻璃箱子里，旁边还有一个烤架子，上面有一只半熟的烤鸭，正往下滴着亮晶晶的黄油。花衣服热情地跟我们打招呼，没等疯三奶奶说话，便拿过一只烤鸭一切两半，从其中一半熟练地切下一条鸭腿递给我，"快吃吧，还热乎呢！"我赶紧接过来塞进嘴里，真的是咬一口喷香流油的大烤鸭呀。

我感激地看看疯三奶奶。说实话，我从来没觉得疯三奶奶是个疯子。

病　　号

　　俗话说，久病成医。其实一个人病久了，有时也会将病作为一种厉害的武器，从恃病而娇到恃病而骄，靠着病在周围划定一块势力范围，甚至占据了某块高地，周围人必须正视且承认其存在意义。于是时间一久，生病成为一种霸权。一个人躺在病床上，俨然一个帝王卧在龙榻上，一声轻微的哼唧，也具有一种发号施令的威力，立刻差人到其跟前听命效力，左右奔走。时间一久，生病甚至成了一种特权，理所当然地享受周围人的关切，别人如果想在其周围生病，犹如抢占其地盘，试图建立另一个关注中心，是不被容许的。总之，一个人以身体的弱势，换来了精神的强势，这是宇宙间诸多微妙平衡中的一种。

　　桃花的大哥刚子已经病了很久了，据说是小时候受了惊吓，变得有些精神恍惚。家里曾找来好几个颇有些道行的老婆子在门口切切呼唤他丢失的魂魄，可惜没有奏效。自从他病了，全家的人际关系和势力范围被重新划分。一个长期老病号，吃住都有了特供，还要配备一个贴身护士。桃花的母亲本来责无旁贷，不过由于桃花的父亲虽然是父亲，却身体瘦弱，而桃花的母亲虽然是母亲，却虎背熊腰，最后照顾病号的担子便落在了桃花的父亲身上。桃花家跟我们家住一条街，我们经常结伴去上学。夏天晌午时分，我看见桃花的母亲背着沉重的药桶去地里打药，觉得很不忍心，也疑心桃花的父亲借着照顾儿子，来个金蝉脱壳，实在有些可恶。

当然，桃花的父亲也不是吃素的，总是在街头诉说自己的辛苦："刚子一天天大了，给他翻个身都累得我腰疼。"有人表示不解："你儿子又不是瘫在炕上，怎么还要你帮他翻身？"他连忙说："哎呀，你不知道，越躺越懒，越懒越躺。整天他啥事不干，躺着都嫌累，翻个身都让我帮忙。"要是还有人表示质疑，他又补充道，"刚子一天天大了，总不能让他妈帮着翻身擦身吧？那总是不方便的。"这倒是个充分的理由，于是桃花的父亲慢慢地获得了大家的认可，在街头站稳了脚跟，每天安抚下儿子，便轻轻松松地出去拉呱儿、喝茶抽烟，把家里的重活推给桃花母亲，轻活推给桃花姐妹，自己就这样皮存毛附地过上了清闲日子。逢年过节，亲戚朋友们来看望刚子这个老病号，会带各种礼品，刚子吃不了多少，倒是他吃的时候居多。平时给刚子开小灶，他也顺手牵羊地享用。遇到农忙时节，大家早出晚归。连小学生都会放假帮忙抢收粮食，桃花的父亲依然坚守岗位，不肯下地，最多在家里拣个麦穗，摘个花生，俨然是个特殊人士。若是有人提出跟他换一换班，让他去地里干活，他绝对不同意，说别人不了解病人情况，万一出了问题怎么办？那架势就像刚子是他的私有财产，别人是无法染指的。

桃花的二哥桐子是我们鸡鸣村的秀才，不但爱读书而且读得好。可以说，在很长一段时间内，桐子代表了我们村最高的文化水平。关于他爱读书的故事在我们村流传甚广，其中一个是这样说的：有一天放学，他妈把饭端到他眼前，他答应着说吃，又继续看书了。天黑了，他妈问他吃完了吗？他说吃完了。结果他妈一看，饭还好好地在那儿搁着呢。另一个故事是说他一边走路一边看书，结果一头撞在了树上。等桐子上了镇中学，连续几年一直是光荣榜上的第一名。老师们从爱他到怕他，担心他在课堂上问出什么让自己下不来台的问题。等我上了镇中学，他已经考上南方某省城的一所大学了。毕业留校后，一位爱惜人才的老师成了他的岳父。桐子带着新婚的妻子回我们村的那一天极其轰动，全村的人都出来了，目瞪口呆地看着那一对戴着眼镜文质彬彬的年轻人，挽着胳膊，亲亲热热地沿着村中心的大路，从村东头一直走到村西头，然后上了南大道，又绕回他们家。我是第一次看见一男一女挽着胳膊游走，他们在众目睽睽之下那坦然的样子让我佩服，仿佛他们一出生就那样挽着胳膊。村民们交头接耳："那是桐子跟他媳妇吗？""他们俩挽着个胳膊干什么？""听说桐子的媳妇是他大学同学？""桐子的丈人是他老师，看上他就把闺女嫁给他了。""桐子的媳妇比他还高一指呢。""桐子的媳妇真洋气。""你们看，桐子两条腿还是不一般长，走起来还是一拐一拐的。"大家于是赶紧细看，果然桐子的右腿比左腿长一些。如此一来，那神奇的游走就被解构了一些。据说桐子小时候有一次爬树，不小心掉了下来，摔断了腿，被送去镇医院。多了一个病号，桃花于是从洗衣服做饭的队伍中暂时抽调出来照顾二哥。不知是因为医生技术一般还是摔得太厉害了，桐子落下病根，从此成了个瘸子。母亲语重心长地跟他说："桐子，你好好念书吧，给自己找条出路。你如果念不好书，像你这样的，在农村干活不中用，以后连个媳妇都娶不上。你大哥一辈子就这样了，根本指望不上，你好好想想吧。"桐子安静地想了一天，从此发奋读书，成了远近闻名的学霸，不但解决了工作问题留在南方省城，还一分钱没花地解决了婚姻大事。桐子回老家摆酒席这事太轰动了，酒席上的菜肴太丰盛太美味了，村民们足足把这件事闲谈了一个月才过瘾。

桃花因为当年照顾二哥有功，酒席上得了一个大礼包。

里面有一沓子崭新的割耳朵钱，有一套漂亮的花衣服，一双牛皮新鞋，还有一个时兴的新皮包。桃花后来把这些拿给我们看，引来一阵阵惊呼。所谓割耳朵钱，是说那纸币太新了，很锋利，能割破耳朵。通常过年的时候，父母为了给孩子压岁钱，会专门去银行换点儿新币。拿到割耳朵钱的喜悦，是与拿到一张软塌塌、脏兮兮、不知经过多少人手的纸币所不能比的，它是新鲜出炉的、唯一的、带着父母爱意的一张钱，是物质与精神完美结合的表征。桃花不过年就得到割耳朵钱，令我们无比羡慕。她大方地拿出一张，给每个人买了一块麦芽糖。麦芽糖咬一口会粘在牙上，越嚼越香甜。走街串巷的货郎用担子挑着，有时候还敲着梆子，老远就知道他的位置。同样是照顾病号，桃花得了美好的结局，桃花的父亲却依旧老牛拉破车一般，遥遥无期呢。据说酒席上，桐子带着媳妇给父母敬酒，桃花的父亲只喝了一杯酒，菜也没吃就进屋照顾刚子了。

天地万事万物之间，一定有一些游丝般的神秘触角，在无人察觉之时发生关联。一个老派的人，或许会搬出"冲喜"之类的说辞。无论如何，刚子在吃了桐子从南方省城带回来的高级补品之后，不再满足于整天像个蛆虫一样在炕上躺着，蠕动着。他仿佛听到了命运的召唤，在桐子走后的第二天，居然神奇地自己拿了个小马扎坐到院子里晒太阳。当时家里没有其他人，桃花的父亲照顾儿子吃了饭，便出去拉呱儿去了。他被一群闲人呼的一声围起来，大家都好奇桐子娶城里媳妇的能耐事儿。他虽然并不太清楚，但仗着父亲的身份，基于了解到的部分事实，加上临时发挥，竟也说得有鼻子有眼，说得各位打探消息的频频点头。等他心满意足地回到家，才发现一直像棵菟丝子附着在自己身上的刚子，竟然独自下了炕，坐在院子当中晒太阳，心下不由得一阵恐慌。

很快，全家人都意识到发生了大事，比桐子回乡摆酒席更大的事。桐子回乡摆酒席是锦上添花，有了当然更好，没有也没关系。但刚子摆脱尿窝子一般的炕头，清清爽爽地坐在院子里晒太阳，这个事情既有对过去的否定，也有对未来的展望。最高兴的自然是桃花母亲，二儿子不用她操心了，给她长了脸，她刚要忧虑大儿子呢，没想到大儿子给了她一个惊喜，这个虎背熊腰的女人不禁落了泪。桃花姐妹们也都很高兴，二哥在外给家里撑腰，没人敢欺负。以前村里总是有些人，拿着大哥的病说事，现在大哥有了好转，以后再也没人敢说三道四了！大家开开心心地围上去，嘘寒问暖，就像围着一个起死回生的人。桃花母亲拿出摆酒席剩下的钱，高声喊着说："他爹，你快去镇上买点儿酒菜，咱们好好庆祝庆祝！"喊了好几声，桃花的父亲才从屋里出来，阴着脸走到儿子身边，厉声说："你怎么出来了？不要要小性子！

你的病还没好，不能老是待在外面，快回屋里去！"桃花赶忙说："爹，你看我大哥，分明是好多了，让他在院子里多晒晒太阳，吸吸新鲜空气，别老闷在炕上。"桃花的这番话引来父亲的斥责："你懂什么！我照顾了他这么多年，我最了解他的身体状况。你们这么操之过急，万一出事，谁担得起？"说着，他不顾大家反对，强行把刚子架进屋，扶上炕，命令他赶紧躺下，并警告他："以后不经过我许可，你不能下炕到院子里去，听见了吗？我照顾你这么多年，刚有了点儿起色，你别自作主张，把身子弄砸了！"刚子脸色变了变，嘴巴张了张，终究没说什么，转身朝里一直躺到太阳落山，才勉强起来吃了点儿饭。

　　接下来的几天，刚子都被父亲严严地看着，不准下炕。看着儿子老实了，桃花的父亲才敢出门。瞅着父亲走了，桃花悄悄进了屋，来到刚子跟前："大哥，你觉得怎么样？"刚子转过身，犹豫了一下："桃花，你说我的病怎么样？严重吗？"桃花摇摇头："大哥，我觉得你的病好了。那天你不是自己下了炕到院子晒太阳了吗？晒完太阳你也没什么不好呀。"刚子想了想，点点头："是啊，我当时没觉得不好，反而觉得头清醒了些。"桃花嗤了一声："咱爹太胆小了，你又不是纸糊的，怕什么呀！"刚子叹了口气："唉！我难道一辈子就是个废人？"

有一天上学路上，桃花把这件事告诉了我们，让大家帮她出个主意。柳叶是我们当中最大的，主意也比我们多。她想了想，对桃花说："你让你大哥每天趁你父亲出去了，就赶紧下炕到院子里晒太阳，或者溜达溜达，一听见他回来了，就赶紧回到炕上去躺下，这样既不让你父亲生气，也不让你大哥为难，你说是不是两全其美？"桃花听了很高兴："行，就用你这两面三刀的法子！"柳叶连忙纠正她："我这可不是两面三刀，我这是面面俱到，让你们家保持太平。"桃花点点头："行，你说啥就是啥。"

　　过了几天，桃花兴奋地告诉我们："柳叶，你那个法子还真不错，我爹没发现异常，我大哥觉得好多了。不过，我大哥提出新要求，想出去走走，他在家憋的时间太长了。"我们一听，吓了一跳，"这好像太危险了吧？在你们自家院里，还比较好打掩护，想出去这个太难了，很容易被你爹发现。就是被别人发现了，也会告诉你爹的。"桃花哀求我们："你们再帮我想想办法吧，我再给你们买块麦芽糖。"我脑中电光一闪，现出了一男一女挽着胳膊走路的情形，连忙对桃花说："你可以找你二哥帮忙！让他带你大哥去南方省城看看病，如果那边的医生说他没事，他不就自由了吗？"

　　过了两天，桐子果然回来了。桃花告诉我，她偷偷去镇上发了个电报，说大哥有急事，需要二哥回家处理。桐子不愧是家中的顶梁柱，回家后听桃花说了情况，隔天就带刚子走了。桃花的父亲想跟着，桐子没让，说难得让父亲休息一下，大哥由他照顾就行了，桃花的父亲只好作罢。一个周以后，刚子在桐子的陪伴下回来了。他红光满面，腰板挺直，完全看不出曾是个病人。桃花给我们每个人一块大白兔奶糖，热情地说："吃吧，吃吧，是我大哥从南方省城买的，可甜了！"

桐子临走的时候，给家里留下了一笔钱，说是给大哥盖四间崭新的大瓦房，再娶个媳妇。交了钱，备了料，选好了地基，找来了瓦匠队，四间大瓦房很快就盖好了。新房有了，病好了，娶亲的大事立刻就提上了日程。因为有桐子这个强大的招牌，来提亲的人络绎不绝，刚子天天穿着新衣服去见各路姑娘。在信息不甚通畅的时候，媒婆的穿针引线是很重要的。媒婆首先要有个好身体，需要不停地在各乡各村打探消息，了解各家适龄男女的情况。其次要有个好眼力，快速地估量判断双方的价值，大约相当才能从中撮合，如果差得太多，不但成不了，还会落下埋怨的。再次还要有个好口才，安排男女双方在某处会面之后，察言观色，凭借三寸不烂之舌，该答疑的答疑，该圆场的圆场，一门亲事就成了。事成之后，不但可以得到说媒钱，过年时还会得到十斤猪肉或者一个大猪头作为答谢。一个成功的媒婆也是受人尊重的，试想一下，走在大街小巷，地上欢跑的小孩子，有些是自己撮合的结果，那一定也是一份功德吧。也有一些妈妈偶尔客串一下，比如自己认识的亲戚朋友家中，恰好有觉得般配的青年男女，便利用赶集的时候，一同叫到自己家中见个面，这样结亲的也不少。我记得有一年临近春节，我们家来了一个生面孔的小伙子，放下一个大猪头，打了个招呼就匆匆走了。母亲感慨说："当时不过就说了句话，人家就成了，如今孩子都有了。"

刚子的亲事，最终是由我们那里一个有名的王媒婆撮合的，据说她已经成全了超过一百对，在媒婆群中享有极高的声誉。桃花母亲给了她一笔丰厚的媒钱，儿子在炕上躺了好多年，本以为一辈子打光棍一辈子当累赘，没想到成了正常人，花再多钱也是值得的。对方是镇上一户有钱人家的女孩，白白嫩嫩的，看中的是桐子这个人脉，连以后生了孩子去南方省城念大学的事儿都考虑在内了。桃花母亲很满意这门亲事，开心地跟左邻右舍说："哎呀，你们不知道啊，我以前总担心我们俩老东西不在了，闺女们都出嫁了，桐子不在身边，刚子一个人没法生活，我在地底下也难以安生啊。没想到俺家刚子居然病好了，要成家了，以后会生一大堆的儿子孙子，日子会像几里外那条流沙河，一直流下去呢！"大家正附和她，她忽然又一拍大腿："哎呀，你说俺家刚子会不会病又反复，到时人家变了卦，不跟刚子了，那可怎么办？"大家赶紧劝她："不会的，不会的，刚子已经好了，你就等着办喜事吧。"桃花的母亲正担心着呢，没想到对方怕刚子被别的姑娘抢走，提出尽快结婚，并希望婚礼由桐子主持，这样面子才足。桃花的母亲大喜，不料桃花的父亲出来挑刺儿："咱们家跟镇上那家不般配！人家那么有钱，为什么要咱们这个神经病？那闺女白白嫩嫩的，嫁过来恐怕连手指头都不肯动动，咱们家可养不起那种人。再等等，找个朴实能干的，这事急不得！"刚子却对姑娘很满意，已经约好下个集日去镇上给买新衣服了。

　　集日上最赚钱的无疑是卖衣服的。各种粮食、水果无法坐地起价，因为人人都是行家里手，但衣服大都从很远的服装批发市场买来，进价对大多数人来说是个秘密，卖价也是随时浮动的。卖衣服的摊位通常集中在镇上最繁华的路段，一排排的架子上，悬挂着五颜六色的时兴新装，引领着不断变化的潮流，堪称吸金重地。桃花的大妈是个砍价高手，她虽然不认字，但她买衣服有个原则，就是上来先把价格拦腰砍断，然后在半截腰那块儿再死缠烂打磨掉一点儿。有时候她会得逞，比如遇到件残品，有时候卖衣服的勃然大怒，推搡着让她快走，连声说"不卖，不卖"。她也不恼，拍拍屁股就走了。不过俗话说得好，买的永远没有卖的精，勃然大怒的卖家轻易露出了自己的底线，通常是沉不住气的新手，真正的老手你永远也看不到他的底线，他永远是笑脸相迎地坚持不能再低价了，再低他就赔钱了之类的说辞，最后让你花了高价还觉得他是个实诚的买卖人，下次会直接去他那里，当他的老客户。直到某一天你终于发现有人比他卖得便宜得多，生了气去理论，但他依然会笑脸相迎，告诉你一分钱一分货，自己是真品别人是冒牌货，看着一样质量，可实际差远了。看你半信半疑，他会煞有介事地拿起衣服来，给你说说材料的不同，做工的不同，甚至扣子的不同，线头的不同，让你恢复对他的信任。一个卖衣服的能手，不但懂得衣服，还懂得人心，会察言观色，有绝佳的口才，有高超的控制情绪的能力，不必出大力下地干活，只需动动腿脚，倒腾倒腾衣服，就能赚不少钱，简直就是江湖高人。

　　那天刚子兜里揣着一大笔钱，一大早就赶到集上卖衣服的摊点。早饭过后，媒婆陪着那白白嫩嫩的胖姑娘来了。见面介绍过后，媒婆就走了，两个人沿着衣服摊边走边看。胖姑娘显然是见过世面的，对很多衣服都不满意。就在刚子绝望了，准备主动提议去县城买衣服的时候，她忽然伸出白白的手，指着其中的一件衣服问价格。卖家回了一句，姑娘嘴一撇："这么便宜？"便有些不屑地往前走了。那卖家是个机灵人，连忙找了一套大号的衣服，派打下手的火速跑到前面一家卖衣服的亲戚那里，把价格抬高两倍，于是顺利地成交了。这个细节是邻居二哥观察到的，那天他一直尾随着刚子，全程观摩，为的是得到准确的一手信息，回来告诉各位关心此事的聊友们。虽然买衣服多花了点儿钱，但刚子的婚期很快定下来了。

桃花母亲地里的活儿顾不上了，天天忙着筹备结婚的事儿。随份子的人家很多，桃花母亲请了村里的张会计专门记账，一是以后要记得回礼，二是要计算结婚那天怎么安排喜宴。张会计是我们村里的老会计，陪伴了先后至少五届村长，我们村里的大小账目都经他之手，相当于以前的大内总管，所以每家每户的经济状况他都了如指掌，论记账的清楚严明，也是无人能比的。如果随份子的人家因事不能参加喜宴，张会计还要安排一些腿脚麻利的小伙子，结婚那天手托着一个竹盖子，上面放着菜肴，按街道分工挨家去送，那情形宛如跑堂的小二，推开人家的大门，高声吆喝："上新菜啦!"如此一来，喜庆的气氛就更浓郁了，仿佛全村都在吃喜宴。至于去吃喜宴的人，常常早饭是饿着肚子的，到了便大干一场。还有的头天晚上就不吃饭了，尽可能给肚子倒出空儿来。也因此，吃喜宴会吃出不少肠胃病来，贪吃的小孩子有的当场发作，呕吐的，肚子疼的，大家见怪不怪。

为了应付盛大的喜宴，桃花妈妈还请了镇上几个有名的厨娘来帮忙。婚礼那天，中午放了学，桃花兴奋地拉着我们去她家吃喜宴。厨房变成了司令部，择菜的，洗菜的，炒菜的，杀鸡的，杀鱼的，炖肉的，灶头呼呼地冒着热气，端菜的进进出出，忙中有序。我看见一口大油锅里漂浮着一些圆圆的白色的小球，发出奇异的香味，令人沉醉。厨娘们用铁笊篱在油锅里拨拉几回，然后捞上来盛在盘子里。一个厨娘顺手用小勺舀给我几个小球，我赶紧接过来放进嘴里，牙齿刚碰到，还没等嚼就化了，真是传说中的唇齿留香，令我惊叹不已。多年以后，经过反复琢磨和查阅资料，我想那是一道酥白肉，通俗点儿说，也可以叫油炸肥肉球，是一种剁细的肥肉成团裹面油炸的小球。确定其身份的同时，我依然没有失去对其美味的向往。

那天如果不是桃花父亲的搅局，婚礼一定会圆圆满满地进行完的。专程远道回来的大学教师桐子站起来，说了一番很文明的开场白，获得大家热烈的掌声。大家开开心心地吃起喜宴来，新郎和新娘一同轮流到各桌给大家敬酒。通常这个时候，新郎的父亲要站起来讲几句话，表达对来宾的感谢和对新人的祝福，但大家找了一圈儿，也没发现新郎的父亲。就在众人诧异的时候，一阵咆哮从屋内传出来，紧接着是一阵噼里啪啦摔东西的声音。桃花的母亲赶紧跑进去看看，原来是桃花的父亲在那里耍酒疯。他不知道什么时候喝醉了，满脸通红，一边砸东西一边骂："啊，照顾这么多年，翅膀硬了，要结婚过自己的小日子了，把老子往哪儿搁？让老子往哪儿去？"桃花的母亲赶紧上前拉住："你这是说的什么狗屁话？儿子病好了，娶亲成家立业，这不是做父母盼望的好事吗？他不用你照顾了，不累赘你了，你不就轻松了吗？怎么这么糊涂?!"桃花的母亲越说越气，忍不住上前推搡了他几下。这下可捅了马蜂窝，桃花的父亲不知从哪儿来的火气和力气，竟然一边扯着桃花母亲的头发一边咒骂，两个人很快厮打起来，屋子里一片狼藉。

等到屋外的人听到动静冲进来，两个人已经打得难分难解了。这对老夫妻利用自己儿子的婚礼，充分发泄了多年来的积怨，就像堵了多年的下水道，终于找到了一个破口，污水流了满地。他们开辟的第二战场，成功地转移了所有来宾的注意力。几个身强力壮的小伙子，出了一身汗，脸上添了几道红红的抓痕，才把他俩硬生生地分开。桃花的父亲两眼失神，像个傻瓜一样一言不发；桃花的母亲浑身颤抖，仿佛大梦初醒，过了一会儿号啕大哭起来。这个婚礼终究没有圆满，饭菜剩了一半，杯盘狼藉，宾客们走的时候既遗憾又兴奋，互相交流着意味深长的眼神。新娘子的家人则表示强烈的不满，新娘子哭得梨花带雨。在危急时刻，桐子表现出了应有的大将风度，他当场拍板，出钱请大哥大嫂去南方省城旅行结婚，这次婚宴只是一个小前奏。新娘子破涕为笑，旅行结婚还是个新鲜事儿，费钱又洋派，可不是一般新娘子能有的待遇。刚子转危为安，对救场的二弟充满了感激之情。如此一来，这对新人还算是因祸得福呢。

　　等到一切都偃旗息鼓之后，桃花的父亲宣布自己得病了，每天躺在炕上唉声叹气，发些人生悲观的言论。秋收的时候，他也笃定心志坚守炕头，不肯下地干活，任凭其他人忙得死去活来。桃花的母亲每天早出晚归，表现出了雌雄同体的气概。不过大儿子能出力，二儿子能出钱，闺女们也都是省心的小棉袄，她的负担大大减轻。一旦你对某个人不抱有指望，你其实就获得了一种自由，桃花的母亲就是如此。她像扔个破包袱一样把桃花的父亲扔掉了，任其在家里偷奸耍滑，而自己每天心情愉快地出门干活。正如人们常说的那样，干活累不死，生气害死人。心情愉快了，多干点儿活儿，就当活动活动筋骨，听说城里人还专门花钱去健身呢。家里虽然添了个新病号，不过这个病号不算什么，反正都快七十了，就是不病，也是个老不死的了，早一天死晚一天死而已。再说了，人吃五谷杂粮，几十年下来，哪有不生病的？无非是大病小病而已。等过两年闺女们一出嫁，这辈子的任务就算完成了，活一天赚一天。虎背熊腰的桃花母亲于是迎来了人生的第二春，越活越带劲儿了。

娜　　娜

　　如果从半空往下看，我们村夹在几个大村中间，带着几分受气小媳妇的憋屈。如果画一个动态图，会发现我们村的面积逐年都在减少，北边的葛村借着修路咬我们一口，南边的谭村借着填沟啃我们一口，我们村都无力反抗。过六一儿童节的时候，全镇的师生有时会聚集到镇上举行活动，邻村的男生看我们来了，就嚷起来："瞧，熊村的来了！"我举着鲜红的旗子走在队伍前头，旗子上有几个大字——鸡鸣村小学。我希望我手中的旗子能变成牛魔王老婆的芭蕉扇，让我一扇子把那些起哄的人都扇到火焰山去。

　　我们村本来不叫鸡鸣村，而是跟周围的村一样，以村中某大姓冠名。我们村王姓居多，所以叫了多年的王村。但某一天忽然来了一群强悍的人，说他们是县北的王村，比我们王村的历史更久远，硬逼着我们村改名。我们村小力弱，基于生存的丛林法则，最后只好妥协。王村长花了好几天时间想一个新名字，某天清晨正苦恼的时候，忽然听到一声响亮的鸡叫，一扫心中晦气，灵感勃发，从此我们村开启了新时代。

我们村头有棵老槐树，据说有上百年的历史。从我记事起，它就像个老爷爷，腰有点儿弯，背有点儿驼，头发有些稀疏，风吹过的时候，发出苍老的沙哑声。它的皮是黑色的，有一道道的裂纹，一年年风吹雨淋日晒，它都忍受下来。它一定知道很多秘密，又从不说三道四，我几次把它写进作文以示尊重。我相信，如果不是它在村头把守，我们村大概早就被吞吃消亡了。每天放学路过时，我轻轻拍拍它，有时把喝不了的水浇在树干上作为礼物。也许有一天它会开口跟我说话，就像电影《天仙配》里会说话的槐荫树一样。老树们一旦开口说话，基本上都是关于婚姻大事的。我暗中观察那些从老槐树下走过的男同学，希望能看出几分端倪。

有一天，我的小学同学娜娜很神秘地告诉我："你知道吗？就在这棵老槐树下，我大姑被我大姑父看上了。"我们村里小孩的乳名一般都很朴实，反映了父母的思想情感和审美水准。比如我座位左边的男同学，家里兄弟们的名字从门闩、门柱、门框……一直到大梁，体现了他们父母强家护院的心愿。我右边的女同学，姊妹们的名字从桃枝、柳叶到槐花，体现了她们父母对大自然朴素的喜好。至于我的同桌玉米，他们家孩子的名字都是跟粮食有关的，透露出一个常年只能吃地瓜果腹的大家庭的心声。娜娜这个小名显然超越了这些物质的局限，甚至超越了花草的境界。说实在的，我一度对这个名字有种隐隐的嫉妒，娜娜的父母哪来这样的水平？第一次听到这个名字，我马上想，如果西施有个小名，一定叫娜娜。即使后来上了学，学到了袅娜这些更高级的词，我也始终认为，一个女孩子所能起到的最好的名字，就是娜娜。

那天，娜娜站在老槐树下面，一边看着我给老槐树浇水，一边说："我大姑父可厉害了！他回城以后当了大官儿，还给我大姑安排了工作！我大姑说，等我长大了，就去城里找她玩儿。"娜娜的确有个姑父，以前在我们村里当知青，我刚上小学时他就走了。据说自从他来了以后，我们村里的大姑娘们就变了，说话声音又细又软，走路像猫一样没有声音，人人手里捏了一块小手绢儿。我小时候身体很弱，经常感冒流鼻涕，看到邻居大姐姐们脸白白的，没有鼻涕，捏着手绢儿在街上游走，心下非常羡慕，希望快快长大，就不用老是拿袖子擦鼻涕了。但这个令全村姑娘神魂颠倒的男知青，最后竟然选了娜娜的大姑。广为流传的版本是这样的：那天，娜娜的大姑站在老槐树下，其他人都在队长的率领下干活。天很热，人人都出了汗，冒了油。但娜娜的大姑只是肥肥嫩嫩地站在大槐树树荫下，看着大家干活。娜娜的大姑手里永远都拿着零食，即使在物资匮乏的年代，她也永远都能找到零食，享用零食。谁也甭想支使她干活，连她父母都甭想，她的馋懒是出了名的。男知青也在干活的队伍中，他又饥又饿，体力不支，忽然倒在地上。大家赶紧把他抬到树荫下，他逐渐苏醒过来，倚着老槐树休息。其他人又去干活了，只有他们两个人在老槐树下。男知青忽然对娜娜的大姑说："你肯嫁给我吗？"娜娜的大姑一开始没听懂，还从来没人跟她提亲呢。在农村，又馋又懒的女人是低等女人，每天一大堆的活儿等着一个勤快麻利的女人去干，谁肯要她呢？男知青又问了她一遍，她才反应过来，提了一个合乎情理的问题："我又馋又懒，你为什么要我呢？"男知青叹了口气："勤快懂事的女人早早就把自己累坏了，就像我母亲一样。累病了，不但自己受罪，家人也跟着受罪。我母亲病了一辈子，把我病怕了。你又馋又懒，爱惜自己，肯定有个好身体，所以我想跟你结婚。"

据说娜娜大姑结婚那天，村里非常安静，只有小孩子们去抢糖。娜娜大姑父那时还没回城，相当于在娜娜大姑家入了赘。有一段时间，大街上见不到捏着手绢儿猫一样走路的大姑娘们，整个村子气氛压抑。等到娜娜出生的时候，大姑父说："这个孩子很像她大姑，一定也会有个好身体，给她起名叫娜娜吧。"

　　娜娜也许真的继承了她大姑的基因，成了一个有福相的女孩子。因为大姑的榜样，娜娜从小也是不肯干活的。那时每天放了学，我们小孩子大都要帮家里做事。我的例行公事是去地里挖菜，给家里的鸡鸭猪鹅们吃。娜娜常常跟着我去，我蹲着挖菜，她在旁边看着，跟我聊天或者吃小零食。我说："娜娜，你看这些菜多嫩啊，快挖些回家吧！"娜娜一扭身："我才不挖呢，多累啊！我大姑告诉我，不用干活，养好身子，别累着，将来找个好对象，光享福就行了！"我倒不是对于将来找个人去享福有什么看法，毕竟有成功的先例，但挖菜本身带给我的乐趣使我轻看了辛苦。

　　如果你没有挖过野菜，你就不知道土地是多么慷慨大方！土地似乎有无限的生机，就在人们种庄稼蔬菜的边边角角或者暂时空闲的某块地上，野菜们争先恐后地冒出来。每一种都不同，叶子不同，开的花不同，结的果子也不同，味道更是不同，让你不得不赞叹造物主的奇妙。我常常流连忘返，天黑了才恋恋不舍地挎着满满一篮子菜回家，分食给翘首以待的鸡鸭猪鹅们。挖野菜的同时，还可以得到不少副产品。比如我最爱吃的一种野生小浆果，名叫厌忧儿，未成熟的时候嫩绿色，成熟了以后变成亮晶晶的紫色，一肚子的小种子，甘甜可口。小孩子久咳不愈，有个古方子，宰杀一只老母鸡，肚子里放满紫色的厌忧儿，放在锅里慢慢炖熟，连汤带肉吃完就好了。我小时候气管不太好，一感冒就咳嗽很长时间，于是得以经常吃辅以厌忧儿的老母鸡。厌忧儿本身就极其美味，又能引来宝贵的老母鸡，犹如年画中憨态可掬的招财童子，是我有限的人生中一个美丽的存在。后来我从网上得知它的学名叫龙葵，居然是一味中药，其中一个疗效便是治疗慢性气管炎。

娜娜守着那么多鲜嫩的野菜，却不肯动一动手指头，我真替她感到惋惜。对于学习这等更辛苦的事，娜娜自然也不肯动手指头，所以等到小学毕业，娜娜就不再上学了。我们那时小学是五年制，初中必须通过考试才能过，通常一大半儿的同学只能拿到小学毕业证。我拿出挖野菜的劲头儿，如愿以偿地考上了中学。我们的中学在镇上的一个小山坡上，离家不远。我把去上学想象成去挖野菜，每门课就是一种菜。靠着这种自得其乐的劲头儿，我比较平稳地度过了传说中的青春期，没给父母添什么麻烦。不过成年后，每当我回想自己一清二白的独行侠中学时光，总不免有点儿遗憾，觉得浪费了一个人生的福利。要知道，多少人在青春期的掩护下，干了多少惊心动魄的事儿啊！每天放学，我一溜儿小跑中下山坡，回家的路总感觉比上学的路稍微短一点儿。那棵老槐树依然在村头那儿等着我，我依然给它浇点儿水。有时我会见到娜娜，她捏上了小花手绢儿，一甩一甩地在街上游走。她的体积越来越大，并赢得了一个绰号"发面盆"。现在人们大都直接从超市里买面食，不再自己发面做面食了。不过超市里的面食毕竟质量口感都有限，是专供那些上班族或者懒人用的。如果你家里有个发面盆，你可以倒上一些温水，放上适量的酵母，搅匀后倒上面粉，反复揉，团好后盖上盖子，让白白的面团在盆底安静地睡上一觉。过段时间，打开盖子，面团神气地变大变软了，填满了整个面盆，甚至要溢出来。我这么说，你大致可以知道娜娜的样子。

娜娜的脸不是书上说的银盘大脸，而是银盆大脸。很难得的是，这个银盆大脸配了一双铜铃般又大又亮的眼睛，当然，也有人评价说，是一对牛眼。她的鼻子比较粗壮，跟眼睛是一套的，还算协调。可惜的是没有见好就收，鼻子下长了一张过于阔大的嘴，犹如一道天堑鸿沟，猛地一笑，简直能吞下十头八头牛，令人吃上一惊。在看似绝望的处境中，娜娜表现出了改革家的气魄，改革的工具是口红。我们村的姑娘以前很少有涂口红的，娜娜有开风气之先的味道，也许是从她大姑那儿得来的。那天我和娜娜恰好在那条贯穿整个村子的南北路上相遇了，她家在南头，我家在村子中部。我看见她的时候，她已经甩着小手绢儿走在路上了。太阳高照，白花花的，让人有点儿发昏。硕大的娜娜努力走出有腰身的步子，也许她得了猫步的启示，有了一种舞台感，仿佛有聚光灯打在她的身上。旁边树荫下坐着些闲聊的老太太，似乎撇着嘴表示不屑，但娜娜没有受到影响，依然不紧不慢地走着。不得不说，她走出了一种属于她的节奏，要是换作我，未必有那样的气度。她走近的时候，我才发现她的脸上有一种特别的东西，那种特别的东西甚至改变了她的脸形。是什么呢？我正疑惑，她看见了我，扬起手绢儿，冲我笑了笑。她一笑，脸形又变了，原来主导她脸形变化的是嘴巴。娜娜本来嘴是阔大的，但她只在鼻子下方嘴唇中心画了一小部分鲜红的口红，圆圆的，起到了一种收敛紧箍的效果，犹如一个鼓鼓的大口袋，被一团小红绳紧紧扎住，看上去令人心头为之一紧。

后来我离开家去外面上学了，听说娜娜跟镇上某一户人家结了亲。其中，娜娜的大姑起到了关键作用，据说帮着娜娜夫家在镇上开了一个小卖部。坐拥一个小卖部，是当时很多人的梦想。近水楼台先得月，有小卖部的人，肯定自己先吃饱喝足了；有小卖部的人，也得以脱离土地的束缚，不必跟土坷垃较劲儿了。我们村东头的二傻子，凭借家里殷实的小卖部，勉强娶到了河西一个瘸腿的姑娘。娜娜从一个小村子嫁到乡镇，从边缘进入中心，实现了她儿时的愿望，过上了轻松的日子，简直就是她大姑的翻版，也不辜负她大姑父给她起的好名字。

有一年暑假，我回家路过镇上，娜娜家的小卖部位于镇上的黄金地段，我特意进去看了看。娜娜见了我，有点儿吃惊，我也有点儿吃惊，她似乎脸上有泪痕。但她明显回避，我们寒暄了几句，就告别了。可到家，我特意打听了一下娜娜的近况。据说娜娜刚结婚时还不错，仰仗丰厚的彩礼，娜娜在夫家颇有些地位。但渐渐地，丈夫开始暴露出不着调的一面，经常出去赌钱，逢赌必输，输了就开始偷东西卖，小卖部越来越不景气了。据说两个人有一天当众厮打起来，娜娜的头发被撕掉了一大撮儿，但娜娜的丈夫脸上也开了花。夜深人静时分，娜娜的丈夫拿了家里剩下的钱跑了。娜娜花钱雇了镇上几个膀大腰圆的人去找，但那些人平时看着吆五喝六的挺威风，真到了需要实干的时候，似乎是吃白饭的，找了几天也没消息。

"前几天我看见娜娜对象了！"邻居二哥某一天突然宣布。他除了对自己家的事儿不大清楚外，对方圆几个村的事都了如指掌。"他在镇北的农贸市场上，跟另外一个女的在一起！要不是我眼尖，那么多人，还真注意不到！"镇北的农贸市场是我们那一带一个著名的蔬菜批发基地，吞吐能力很强，吸引东北和南方的客户都来做生意。大宗批发交易每天清晨就结束了，一辆辆卡车满载着瓜果蔬菜奔赴大江南北。在批发基地的鼓动下，我们那一带几乎家家户户都支起白色塑料帐篷，在里面种植蔬菜，后来也延伸到种植瓜果。一个大棚就是一根血管，铆足了劲儿向批发基地输血。披上了白大褂，擦上了科技药，蔬菜瓜果也获得了突破再生能力，不再靠天活着，不再受季节和地域的限制。它们随心所欲，成了前所未有的革命家，走农村包围城市的道路，迅速占领了城市的各大超市和农贸市场。菜农瓜农们斗志昂扬，起早贪黑侍弄大棚，浇水施肥，恨不能拔苗助长。收获的季节一到，每天下午他们把合乎标准的产品采摘下来，摆在地头，等待大客户们来收。黄瓜努力长得像冬瓜，西红柿努力长得像西瓜，韭菜像大葱，大葱像芹菜，芹菜则像灌木丛。主人用汗水甚至血水浇灌大家，谁也不能偷懒，空气中弥漫着一种奋发向上的紧张和焦虑。大客户们开着车直接到地头，每个人都有一个浑圆的肚子，靠着一根粗壮的牛皮腰带硬生生地拦住才没掉到地上。一番招呼之后，现场验货取货，现场付厚厚的一沓子钱，以往靠种粮食勉强卖点儿钱的农民们惊呆了，见识了大世面，撸起袖子加油干。

批发市场是个吸金盆，养活了周围一圈儿饭店、旅馆及其他形形色色可疑的生意。娜娜的丈夫在那儿找了个安乐小窝，邻居二哥看见他的时候，他正意气风发，挽着个水蛇腰的女人买狗肉吃呢。娜娜派人去抓他，没想到他竟然携着那女人连夜逃走了。如此一来，他倒有了点儿为情私奔的罗曼蒂克色彩了。娜娜的公婆一时找不到，请人写了寻人启事，到处去贴电线杆子，希望浪子回头。过了一个月，寻人启事的单子还没贴完，那浪子自己回来了。娜娜洞悉一切，骂她的丈夫："你那点儿钱花完了，你以为那臭女人还会要你？有本事你滚出去继续浪！"娜娜的丈夫低头不语，似乎服了软。平静了一段时间后，娜娜闹上法庭要离婚。邻居二哥火速打探消息，原来娜娜的丈夫被那女人染了病，还传染了娜娜。一阵折腾之后，娜娜的丈夫当众切破手指，写了血书求饶，才偃旗息鼓。清冷的月光，滴血的手指，众人的惊呼，那浪子又有了几分壮士断腕的色彩。但据邻居二哥的小道消息，娜娜的丈夫本来决定剁掉一根手指以表忠心的，不料临阵退缩，变成了切破手指。但不管怎么说，见血明志，娜娜思前想后，没有再追究下去。

前年我回老家的时候，意外地在门口的那条南北路上见到了娜娜。其实我第一眼没有认出她，她喊了我一声，我才意识到是她。她体积只剩了原来的三分之一，眼睛越发像铜铃了，嘴巴却似乎缩小了许多，没有口红，没有手绢儿。她牵着一个小男孩，眼睛也像铜铃。我问及她目前的状况，她告诉我，丈夫写了血书没一年，又偷了家里的钱出去赌，结果没钱还，被人砍断了两条腿。现在他终于老实了，不想三想四了，准备跟她好好过日子。"为了孩子，我就不跟他计较了。"娜娜摸摸儿子的头，脸上现出一个母亲的隐忍。那孩子似乎没明白断腿和自己的微妙关系，两只铜铃空洞地张着。娜娜迟疑了一下，又说："我大姑在城里开超市，听说了我的难处，就让我们去帮忙，断了腿可以坐着当收银员，不碍事。我带着孩子回家来看看父母，过两天就走。"我听了很欣慰，并觉得人生意味丰富，实在不可轻易论断。娜娜大姑的好吃懒做不但成全了她自己，还一直不断地给娜娜提供帮助。相比之下，有些人固然勤快能干，可是对己苛刻，于人无恩，终日牢骚满腹，似乎还不如娜娜大姑呢。我真心为娜娜感到高兴，看来天无绝人之路，于是劝她别往后看，要多往前看，日子总会好起来的。她点点头，大嘴一咧，颇有点儿要挂到耳朵上去的势头。

有一次老乡聚会，我遇见一个早年的同学，聊起来竟然认得娜娜。他说住得离娜娜的大姑家很近，我连忙向他打听娜娜的情况。他撇撇嘴，"哎呀，你不知道，娜娜跟她大姑闹僵了，没多长时间就回老家了。主要是她那个丈夫惹的祸，不好好当收银员，老是偷钱，后来被发现了，没法待了。"我听了，觉得很是难过。别人的故事，一两句话说说就完了，作为当事人，其中又经历多少伤心痛苦呢？娜娜好不容易得了个翻身的机会，没想到又被她丈夫弄砸了，那男

48

人简直就是扶不上墙的烂泥。

　　我父母有时回老家住段时间，多少也了解一些村里的情况。周末闲聊时说起娜娜，居然没有我想象的那么惨。原来娜娜回到老家后，揽了一个活儿。我们当地有个很有名的花生油品牌，行销全国。既然销量大，就需要原料多。娜娜有个远房表兄很能干，是一个较大的花生供应商。他利用手中的资金将周围村庄的花生收购起来，买来几台花生脱壳机脱掉皮，再组织人员按等级分拣花生米，最终运到花生油加工厂。娜娜提着礼物去表兄家，晓之以理动之以情，得了一个在我们村组织人员分拣花生米的工作，算是一个基层管理人员，每月可以得钱，年底还可以分点儿红。娜娜挨家挨户去鼓动妇女们，利用农闲时间挣点儿零花钱，或者把闲聊打牌的时间用来致富。她允诺干一天发一天的工钱，绝不拖欠。一开始有几个关系不错的人先去尝试，得了好处后迅速传播开去，来干活的妇女们越来越多，娜娜在村头大槐树附近租了一个大院子，红红火火地干起事业来。

　　"娜娜自己不用动手，每天光负责分配活儿，又胖了。"母亲感慨道，"还真是个福人哪。""娜娜还在院子旁边开了个水饺店呢，雇了几个妇女包水饺，中午那些干活的不用回家吃饭了，吃完饭接着干活，这样娜娜的业绩就提高了。"父亲补充道。我想起娜娜小时候最喜欢吃水饺，整天感慨什么时候能天天吃水饺，现在看来，她的这个愿望也实现了。"娜娜的丈夫呢?"我想起那个烂泥。母亲笑起来："他呀，现在成了娜娜手下的一个员工。娜娜严严实实地看管他，每天单独分配一大堆的花生让他分拣，干不完就不让吃饭。如此一来，他像鸟入了笼子，插翅难逃了。因为双腿残疾，他反倒比别人少了些分心。自从认了命之后，他也能干出点儿业绩来。据说娜娜到了年底对他也有点儿奖励，让他小赌一把过过瘾。他现在没啥二心了，全指望着娜娜呢。"看来，娜娜最终还是克制了她丈夫。人生漫漫，需要耐心，总会有个时机翻盘的。

　　平时去超市的时候，看到家乡的花生油醒目地摆在显眼的货架上，我心里很安慰。逢年过节，我喜欢多买几桶送人，算是对娜娜工作的支持。劳心者治人，劳力者治于人。既然娜娜从小立定心志不亲手劳力，作为儿时的伙伴，我衷心地希望她可以实现她的愿望，衣食无忧地生活。一个被赋予娜娜这个美妙名字的人，总有些特别之处吧? 西施浣纱，即使美得可以沉鱼，还是改变不了洗衣服的劳苦本质。与爱惜她的人泛舟五湖，不知所终，才不枉她的一生。娜娜不幸遇到了一个不能托付终身的浪荡子，山穷水尽之时，花生解救了她，并替她出了气，让那浪荡子后半生困于花生阵中，再也逃脱不掉。如此看来，老槐树开口跟娜娜说的话，一定跟花生有关，或许就是一个姓花的书生吧。谁知道呢?

张　玉　米

在我的老家，玉米是一种足以和小麦相提并论的重要农作物。现在超市里卖的煮玉米，根根都散发着贵族气息，小时候，它们是再普通不过的平民食品。如果食物也划分阶级的话，那时玉米是比小麦低一等的。哪家可以经常吃馒头，说明那家的生活水平是比较高的，而常吃玉米饼子的人家，一般是比较困难的。当然，还有一些更困难的人家，是以吃地瓜（红薯）为主的。因为父亲有一份公家的工作，俗称"吃机关的"，所以小时候我得以经常吃上馒头。不过那时馒头也分很多档次，逢年过节吃的是白面馒头，平时的馒头是颜色比较深的，因麸子比较多，口感也比较粗糙。母亲是个优秀的管理者，我们在饭桌前坐下，她每个人先均分一块黑面馒头，吃完再分白面的，理由是不能让某一个人光吃黑面或白面。我总疑心这话是针对我弟弟的。高中住校时，冬天寒冷，我们把从家里带去的面食头天晚上送到食堂，自己在网兜上做好记号，第二天一早去取。母亲总是给我备好白面馒头，但食堂的大蒸笼端出来，众人一哄而上，我最后拿到手的，基本都是陌生的黑面馒头。以今日之眼光看，掺了麸子的全麦馒头其实更有营养、价格也更贵，但此一时彼一时，那时真正贵重的是去掉麸子的白面馒头。三十年河东三十年河西，人们的饮食观念发生如此大的变化，让我常常觉得世事难料。

上小学时，有一年开学，班主任按照学习成绩把大家分成两队，让成绩好的认领成绩不好的做同桌，算是一种帮扶措施。我发扬风格让其他同学先挑。一阵乱哄哄的认领之后，场上剩下了我和一位面色黝黑的同学对峙而立，一贯脸皮厚的他难得地露出了一丝羞涩。班主任严肃地看向他："张玉米，以后要虚心向班长学习，不要自甘落后！"我冲他点点头，心里升起一股改造落后分子的责任感。

张玉米是他们家中的第五个儿子，前面有四个哥哥，都是以粮食命名的，这一定程度上反映了他父母对生活的担忧和希望。别人家的孩子到了饭点，有时贪玩不回家，母亲会在大街上喊话。张玉米的母亲愤愤地说："这都是惯的！惯的！我们家吃饭从来没喊过。还没等饭端上桌，弟兄几个都跟饿狼似的在桌前等着。饭罩子一放，哄的一声，饭就没了！"自从成为同桌，我发现张玉米总是饿，总在找东西吃。

他对食物的渴望远胜过对知识的渴望，这导致我的帮扶不太起作用。一下课，他就赶紧溜出去，上课铃响才匆匆跑进教室，时常嘴角沾着可疑的东西，一屁股坐下来，会扬起一小股尘土。我们学校的土围墙不高，我怀疑他爬出去找什么乱七八糟的东西吃了。一放学，他更是跑得比兔子还快，根本不给我机会辅导功课。

为了稳住张玉米，我有时会从家里给他带点儿吃的，于是他对我有些感激。有一天中午，他跑进教室，从口袋里掏出一块黑乎乎的东西递给我，小声说："可香啦，趁热吃吧。"见我不肯吃，他解释说，"中午抓了几只麻雀，烤了烤，给你留了条腿。"我拨了拨那东西，果然有股异香。拂去表层的土灰，一条小细腿露出来。我捏住一块肉撕下来，放进嘴里，真是美味。我冲他点点头，表示肯定，他嘴角沾着灰，咽了一口口水。我把剩下的递给他，他推辞了一会儿，放进嘴里嚼巴嚼巴就咽下了，一副意犹未尽的样子。

在跟张玉米同桌的日子里，我吃到了很多奇怪的东西。事实上，我至今仍喜欢吃一些奇怪的东西。我始终觉得，你吃下去的东西，不仅会塑造你的体形，还会塑造你的气质。那些你独处时吃的零食，最能体现你的本质。你约朋友吃的饭，也体现了你的交友圈格调。食物不仅是我们活着的必需品，也是我们自己。你吃的某样东西越多，你就越来越像那种东西。反之，你不吃某些东西，你就会越来越冷淡那些东西，甚至厌恶它们。举个简单的例子，你吃的某种肉越多，你就会跟那种动物眉眼相似。再比如，夫妻两个人生活在一起，年日越久，气质甚至外形会逐渐接近，一定程度上也是与两个人每天一个锅里吃东西有关。而随着年龄的增长，我变得越来越不着调，大概跟我喜欢吃奇怪东西有某种隐秘的关联。

现在我回想起张玉米，主要的印象都是跟吃有关。虽然吃的不是什么山珍海味，但是吃东西的过程包含了发现的乐趣和吃法的新奇，令我至今对童年时吃的某些东西充满向往。天地广阔，如果脑袋灵活，可吃的东西其实很多。有一年初春，张玉米约着一群小伙伴去村南头河沟边吃"扭扭苞"。到了约定地点，大家急切地在地上找了一圈，除了一堆堆杂乱灰白的野草外，啥也没找到。"张玉米，你是不是耍我们？"有人不干了。张玉米神秘地嘘了一声，招手聚拢大家在一堆野草前，"你们看好了，把草扒拉开！"扒开枯草，原来里面已经长出些绿草，直逼人眼。张玉米弯下腰，捏着一根鼓鼓的芽苞，示范给大家，"注意，一定要小心，捏紧了往上提，但别太用力猛拔，那样会拔断。最好一边拔一边念个咒语，这样扭扭苞就跑不掉了。"立刻有人提问："什么咒语？"张玉米想了想，大概也没有什么标准答案，最后含糊其辞："你可以随心所欲编一个，只要能说明你想拔出这个扭扭苞，别让它跑掉就行了。"大家还有些犹豫，张玉米已经迫不及待地拉开架势，捏住芽苞，神情严肃，一边往上拔一边念念有词，很快就拔出一根。扭扭苞离开草身的时候，发出一声轻微的"吱扭"，似乎不情愿被捉住，张玉米飞快地把扭扭苞放进嘴里，吧唧吧唧嚼了几下，闭着眼发出满足的叹息："啊，又甜又嫩的扭扭苞!"小伙伴们受到鼓励，"哗啦"散开，分头去拔扭扭苞。我扒开一堆荒草，看到一根根结实的草棒儿挺身而出，各目抱着一个芽苞，像是翡翠般的襁褓，娇嫩可爱。我连忙捏住一个，嘴里嘀咕着"扭扭苞，扭扭苞，我来了，你别跑"临时发挥的咒语，俯身往上提。那扭扭苞似乎被我的咒语罩住了，随着我的用力，渐渐挣脱草体。我正担心拔断，它吱一声离了草，完全在我手中了。我不由得大喜，害怕它施展什么法术跑掉，急忙塞进嘴里嚼几下，果然清香满口，脆嫩至极。有了成功经验，后面的就很顺利了，我一口气吃了十几根扭扭苞。到场的总体都很满意，嘴角沾着绿汁，只有张玉米的堂弟张柱子运气不太好，大概咒语不管用，拔着拔着就断了，胡乱吃了几根半截的扭扭苞，气得在那儿跺草埭。等到天色暗下来，村里响起母亲们高亢的喊娃声，大家才恋恋不舍地往回走。

过了段时间，春风浩荡，有人提议："张玉米，咱们再去拔扭扭苞吃吧！"张玉米哈哈大笑："你这个傻瓜，你以为扭扭苞总是有啊，早就没有了！"有人表示怀疑："怎么就没有了呢？只要草根在，扭扭苞就在啊。"放学后，张玉米招呼大家："走，我带你们去看扭扭苞还有没有！"大家呼啦跟上，到了村南头，发现昔日拔草的地方，一片茂盛的狗尾巴草随风招摇。我跑过去查看，一根扭扭苞也没有了。正疑惑间，张玉米指着狗尾巴草对大家说："这就是以前的扭扭苞，一根扭扭苞长大了，就是一根狗尾巴草，好玩吧？"张柱子张大嘴巴，怪声怪气地说："哎，原来你带我们吃的都是狗尾巴草啊！"张玉米连忙纠正，"不对，我们吃的是扭扭苞，扭扭苞长大了才变成了狗尾巴草。"张柱子较了真，"扭扭苞就是狗尾巴草！你带我们吃的就是草！你敢说，你张玉米长大了就不是张玉米了吗？"张玉米一时回答不上来，有些生气地看着狗尾巴草。我倒是觉得狗尾巴草毛茸茸的很可爱，跑过去拔下来一些，随手编成长耳朵的小兔子。小伙伴们一看，也冲上去，有的编些小玩意儿，有的编成帽子戴着，有的编成腰带扎着，张玉米还编了一根毛茸茸的大尾巴耷拉在屁股上，大家用狗尾巴草做掩护，在野地里玩捉迷藏，很是开心。

　　漫长的暑假到了，那时假期作业不多，空闲时间似乎除了吃就是玩。张玉米逐渐成了找吃小分队的队长，带领大家发掘各种美味。夏天最常见的美味是知了，树越多的地方，知了也越多。我们村有好几片树林，基本上每个大队都有一片树林。村西头五队的那片树林紧挨着一片水沟，长势格外茂盛，知了也叫得格外响亮。午饭后，大人们都睡午觉了，正是一天最热的时候，知了不顾一切地拼命嘶叫，仿佛存了心不让人睡个好觉。可惜，千百年来，人们早已把它们的搅扰当耳旁风了。大人们的午休时间是孩子们的黄金时间，很多秘密大事都是利用这个时间段搞出来的。比如，我弟弟曾伙同几个好友，周末午休时把学校的窗玻璃一一砸烂，那时没有监控，等到查出来都好几天了。班主任把他们打了一顿后，让回家分别跟父母要钱赔偿。我弟弟在窗台上找到一枚遗落的一分钱硬币，火速地跑回学校交给了老师，老师又把他打了一顿。

张玉米的精力主要用在找吃的，所以破坏性不强。有一天上午，他宣布要组队去粘知了，大约有十个人响应。他给我们分工，女生回家搓面筋，男生回家绑杆子，约好午饭后一点钟在村西头树林边集合。搓面筋并不是很容易的活儿，趁父母午休了，我悄悄从面缸里舀了一些小麦粉，放在一块光板上，加上点儿水，小心翼翼地用指尖搓。搓呀搓呀，等大部分面粉随着水流失后，板子上留下一小块黏性极高的面筋团。把现场处理干净后，我把面筋团夹在腋窝下，偷偷地溜出家门去跟大家会合。张玉米指挥我们把一些面筋粘在杆子顶头，剩下的摘片树叶夹住备用。女生们还每个人发了一个塑料袋，一根穿了长线的针。张玉米嘱咐大家："我们男生在前面粘知了，粘到了你们女生就赶紧拽下来，用针线穿起来，动作要麻利，别让它挣脱跑了。注意不要把面筋拽下来，每次顺手固定一下。面筋如果时间长了，不黏了，就到我这里来换新的。一根线穿满了，就放在袋子里，到我这里换线。"我们几个女生连忙答应。他又嘱咐男生，"粘的时候，注意手不要抖，看准了，猛地一伸杆子就粘住了。另外，叫唤的知了没有肉，最好不要粘那些叫唤的，要找那些趴在树上不叫的知了，那些肉多好吃。"他最后又挨个检查了一下杆子，一根长杆子由几根短杆连接而成，他把那些绑得不结实的地方重新固定了一下，这才宣布出发。进了树林，知了们似乎感到了危险，一下子叫得没那么起劲了。不过这丝毫不影响我们的热情，女生帮着找知了，并辅助移动杆子。很快，杆子剧烈地摇动起来，那是被粘住的知了拼命挣扎。杆子迅速落下来，女生们麻利地把知了拽下来，固定一下面筋，用针穿过知了的腰部拉到线底，这算是完成了一次小小的战斗。有了成功的经验之后，接下来越来越熟练，大家像直捣匪穴的飞虎队，在树林里挪动穿梭，擒获一只只或不动声色或高声挑衅的知了。如果不是张玉米宣布面筋用完了，大家还不肯结束战斗呢。出了树林，我们先找一块平地清点战斗果实。十几串儿知了摆出来，一串儿二三十只，张玉米数了数，根据人数一平均，大家高高兴兴地各回各家了。

知了的吃法有很多种，可以用油炸着吃，用锅蒸着吃，用火烤着吃，还可以放在腌咸菜的大缸里腌一腌再吃。我最喜欢的吃法是做饭的时候，把知了放在炉灶的热灰下面，饭做熟了，知了也熟了。从灰里扒出来，一股浓郁的香气冒出来。最好吃的地方是知了背部及腰部的肉，丝状有韧劲儿有嚼头，虽然不够塞牙缝的，但风味绝佳。不会叫的知了肉多，据说是雌性。这一定程度上说明，即使在知了界，雄性也比雌性更夸夸其谈，也更没有实用价值。当然，从吃头儿来说，知了不如知了龟儿——也就是没长出翅膀没飞到树上而待在地下或刚爬到树干上的知了幼虫。很多在农村待过的人，都知道夏天雨后，知了龟儿会从潮湿的地下钻出来，留下一个圆圆的洞，等它爬到树上，蜕去外壳变成知了，就很难捉住了。所以必须趁它蜕壳之前，或者拿着一个小铁锹铲地面，找到它的藏身之洞，把它捉出来；或者在树干上找到它，把它捉下来。知了龟儿有一定的智商，喜欢趁晚上人们休息的时候从地底下爬出来，天亮前完成爬树任务，太阳出来之前完成蜕壳大业，到人们午休时便可以肆无忌惮地喊叫。张玉米也是有智商的，喜欢带着我们晚上拿着手电筒，去小树林里晃知了龟儿，它们大概是怕光的，一照就从树上掉下来；或者用脚跺树，用手晃树，把知了龟儿震到地上；或者拿根长杆子，把正在爬树的知了龟儿们戳下来。总之，道高一尺，魔高一丈。张玉米后来还发现了一个秘密，知了喜欢把卵下到树根那儿，大概是为了汲取营养，周末哪家若是伐树，他必定跟去。有一天他带我们去村西马老头家，一棵几十年的老树死了，树干伐倒拖走后，老树根被刨出来，满满一树根的知了龟儿，大概有几百个。它们惊慌失措地拥挤着，引发了大家的惊叹和哄抢。

秋天可吃的更多，广阔的田野里，每个角落都有美食。来自童年的吃趣深入我心，秋风一响，我在城市的鸽子笼里蠢蠢欲动，似乎闻到了烧蚂蚱、烤地瓜、煮玉米、焖豆子……的混合香气。这些年，我一直想戴个破草帽，背上一天的干粮和水，找个秋高气爽的日子，去南山深处的农家田地，重温旧梦。我很奇怪这个简单的愿望一直没实现，没有什么惊天伟业拦阻我，倒是花了很多时间在无趣的人事上。镜中的我，从脸蛋到眼神，对世界都没有什么杀伤力，根据牛顿第三运动定律，也没有什么反作用力消耗我。最后我只好拿出一个老掉牙的理由，那就是我老了。事实上，在很多事上，只要我们肯拿出这个借口，全宇宙都得让步。

冬天，张玉米带我们吃过的最有特色的风味小吃，是爆米花。把生硬的米粒变成一朵可以吃的花，是一个神奇浪漫的事件。每隔几天，村里就会来一个卖爆米花的，吸引小孩子围上一圈儿。一个黑肚子的铁家伙装上玉米粒或大米粒，架在火上，不断转动，保持受热均匀。在大家的等待中，香气慢慢溢出来，一声巨响过后，米粒爆炸，变成金黄或雪白的小花。卖爆米花的倒出一锅，大家纷纷上前，交钱买一袋，趁热吃格外香。更好吃的不是交钱买的，而是蹦出老远免费抢到的那些。有的人为了多吃多占，不惜扑倒在地上，用身子压住的都算自己的。等那声爆炸的急切心情，不亚于赛场上等发令枪的赛手们。不过这些味道，都远不及张玉米带我们自制的爆米花。

那时教室没有暖气，冬天又特别冷，我们的手脚常常生冻疮。冻疮因冷而生，硬硬的像块补丁，遇热奇痒难忍，颇有些水土不服的矫情。后来每个教室配有一个烧煤的铁炉子，接上一溜儿空心铁皮管，在教室上空绕一圈，将热量辐射开来。每天的值日生一个重要任务便是早晨生炉子，下课续煤块，一天之中维护炉子的正常运转。这个任务通常由同桌两个人合伙，轮值一个周。生炉子是一项复杂繁重的劳动，值日生都如临大敌，要起得很早到学校，赶在上课之前把炉子生好。我记得每次张玉米敲我们家大门，天都是黑乎乎的。母亲起得更早，为我准备早饭。我赶紧吃完，便背起书包，随张玉米去学校。好在学校离家不远，就在村中心。打开教室门，张玉米负责先用干草点燃炉子，我冲到教室右前方，那里有一堆脱过粒的干爽玉米棒子，我小心地抽出一些，免得坍塌。干草引燃玉米棒子，充分燃烧一段时间，张玉米就去教室左前方的煤块堆那里，用铁锹取一些，慢慢地放在玉米棒上引燃。如果这些步骤顺利，炉子很快熊熊燃烧，教室一会儿就暖和了。如果不顺利，会有烟冒出来，呛人口鼻，需要返工。有些人不擅长干这个活儿，大家都到校了，还在那儿捣鼓，一脸的焦虑一脸的煤灰，顺着汗水往下淌，惊悚又滑稽。如果影响上课，免不了惹来老师一顿批评。我必须承认，在这个事上，张玉米是个非常靠谱的合作伙伴，我们很少二次返工。随着年龄的增长，我发现这个世界上不靠谱的人太多了。有时我想，不靠谱的人这么多，为什么地球还在正常运转呢？只能说，地球的心太大了，让地球围着自己转的太阳的心更大。但也正因为有这么多不靠谱的人，我的想象力和忍耐力不断地得到拓展，所以说万事互相效力。

　　每次顺利生好炉子，清理好战场，上课之前剩下来的一段时间就变得很美好。脱过粒的玉米棒子上总有一些漏网之鱼，我负责把残存的玉米粒掰下来，装在一个干净的小纸盒里。张玉米负责把炉盖子用水洗干净，把玉米粒摊在炉盖子上，再围上一个铁皮圈，防止玉米粒蹦出来。他手拿铁钩子，不断翻腾玉米粒，保持受热均匀。在我们热切的目光下，玉米粒先是很顺服地鼓起来，然后越鼓越大，终于志得意满地爆炸成一朵小花。爆炸声越来越多，我们伸出两根尖尖的手指，夹起来赶紧放到嘴里，这自力更生得到的爆米花，自然是最美味的。很快，其他同学来上学了，更多的手指加进来，教室里热气腾腾，一片欢声笑语。等到有人大喊一声："老师来了！"大家哄地四散开去，一个个回到座位上，仿佛什么事也没发生，只有爆米花的香味在教室里飘荡。

作为我们的吃货小队长，张玉米也有兑现不了承诺的时候。比如他曾答应带我们捉野兔子吃，这个难度当然是很大的。通常大人们要拿着网和猎枪，围追堵截才办得到。小学毕业那天，一直对张玉米有不满情绪的张柱子，在大家很开心的时候，忽然就把这个事拎出来了。最后，张玉米用文学的方式应付了这个难题。他站起来，清了清嗓子，给我们讲了个故事：

很久以前，有一家人，好多天都没有吃到肉了。有一天，家里忽然跑进来一只野兔子，全家人便一起追打兔子。

那兔子刁得很，东躲西藏，全家人忙得不亦乐乎，但兔子最终还是逃走了。不过，就在它逃走的一刹那，老爹扔过去的一根棍子打了它一下。为了安抚全家人吃兔子的心思，老爹决定舀上一锅水，煮那根沾过兔子身的棍子，算是喝顿兔子汤。开锅之后，全家人争先恐后，你一碗我一碗，边喝边对兔子汤的鲜美赞不绝口。喝到最后才发现，锅里并没有棍子。莫非棍子被煮化了？不大可能。前后左右仔细一找，原来那根棍子在锅后面横着呢，根本就没放进锅里！

　　大家听了，哈哈大笑起来，连老师都表扬张玉米这个故事讲得好。

塞 翁 失 马

　　我们县城东头原本有一个小火车站，等我上中学时，它基本废弃了。说它基本废弃，是因为在县城西头修了一座新的大火车站，一直连接到省城以及省外，县里人外出都去那儿；但小火车站的铁轨仍在，每天会有一列运煤的小火车经过。虽然小火车站被降了级，由载人改为运煤，但它仍是一个很有价值的就业窗口，需要有一个专门的人在小火车经过的时候负责升降栏杆，这个人可以每个月从政府那里领一笔钱，也因此就可以摆脱繁重的土地劳作。我敢肯定，全县很多人都渴望得到那个职位。最后，我们村的老马得到了这个好机会，他和他老婆老曹搬进了小火车升降栏杆旁边的两间房子里，惹来大家一阵羡慕。后来大家了解到，老马的女婿新近在县城交通局谋了个工作。如此看来，这个机会简直就是为老马一家量身定做的，小火车站也似乎是为了成全老马而被降级的。

老马从此真有些发达的迹象了。春节回来，他和老曹都穿着时兴衣裳，脸也白胖了许多。大家纷纷请老马吃酒席，听老马说说县城里的新鲜事。老马得意间透露了一些让大家愈发羡慕的消息：比如在女婿的关照下，老马的两个孙子要随着老马去小火车站旁边的一个小学读书了，有孙子的人都眼热起来。大家问起老马的生活，是不是整天吃香的喝辣的？老马谦虚地摇摇头，说政府给的那点儿钱哪够？一周吃一次肉就不错了。老曹也被一群老婆子围住，坐在炕上吃着花生、瓜子聊天。

　　春节过后，老马和老曹果然带着两个孙子去县城了，老马两口子在儿媳妇口中也得了好名声。上一个春节，老马家因为两条小鱼闹得不可开交，成了全村的观景台。据说老马的儿子要给爹妈四条鱼过年，但儿媳妇只同意给两条鱼。老马的儿子拎着四条鱼走出大门，儿媳妇就躺在冰凉的地上挡住去路，并威胁说除非从她身上踩过去并把她踩死，否则不可能让四条鱼过关。老马的儿子打算绕道走，结果被他媳妇拖住腿，两个人厮打在一起，老曹赶去拉架，被她儿媳妇趁机抓破了脸，四条鱼也被抓烂了，老曹躺在地上号啕大哭，几个老婆子上前把她扶起来送回家，她儿媳妇则披头散发地把烂鱼回收了喂猫。时隔一年，老曹不仅吃上了儿媳妇孝敬的黄花鱼和猪头肉，还得了一身新衣服，真是今非昔比。

老马的本家侄子二柱一直向往县城，节后背着一大袋子花生随老马一起走了。几天后二柱回来，大家围住他打听新闻。二柱自然开了眼界，讲了去县城公园玩的乐事，坐了著名的小飞机在县城半空兜风，途中因为害怕，把旁边一个人的胳膊都捏肿了，下飞机后被人打了一顿。更吸引大家的是二柱的发现，"哎呀，你们是没看见呀，我婶子那个厉害呀！小火车咔嗒咔嗒来了，过升降杆的时候，稍一停顿，我婶子早就拿着铁锨预备好了，她冲上去，猛地一撇，再往下一带，哗地就带下一堆煤来，足足有一筐子，一天做饭烧炕就够了！"大家想象着那个情景，又吃惊又羡慕，"烧煤多干净呀，比烧柴火干净多了，又暖和又经烧！""哎呀，老马家真是赚大了，一年能省下多少钱哪！能多吃多少斤猪肉呀！""人家有个好女婿呀，咱可羡慕不来呀！""就是就是，我们怎么没生个俊俏闺女嫁到城里去呢？"二柱好不容易插进话来补充道："你们还不知道吧？我婶子还在小火车站旁边开了个小卖部，烟酒糖茶摆了好几排……"二柱边说边搓着手，仿佛搓着一沓子钱，把大家的眼都搓热了。

　　总之，在大家的传说中，老马一家过上了舒舒服服的天堂日子，这日子跟咔嗒咔嗒的小火车是连在一起的。腊月里过了小年，老马先把两个放了寒假的孙子送回来，俩孙子穿着新衣服，背着新书包，坐着从县城来的大客车在我们村西头的公路上下来，在大家的一路羡慕下回了家。在城里读过书的孙子脸上白白净净的，神态安安静静的，坐在炕头上抿着嘴，像年画上的两个招财童子，有点儿不食人间烟火的味道。昔日好友二牛一头扎进来，头发像鸡窝，边跑边喊："大壮、二壮，你们回来啦！一块儿出去耍呀！"他在屋子里转了一圈儿，也没找到昔日好友，最后停下来，问那两个招财童子："你们看见大壮二壮了吗？你们是他们城里的亲戚吗？"大人们哄堂大笑，二牛的脸慢慢地红了起来，他意识到自己出了丑，可是他的朋友们并没有替他解围，只是静静地看着他，二牛只好磨磨蹭蹭地转身走了。二牛的父亲有些不高兴了，他本来夹杂在问候的人堆里说笑，啪地吐了一口痰，"哎哟，大壮和二壮成了城里人，就瞧不上咱乡下人了，俺家二牛真是不识好歹，还以为跟以前一样呢！"老马赶紧打圆场："说啥呢！俩孩子刚坐了一路车，有些不舒服，等歇过来了就出去玩！"众人也都说："就是就是，小孩子嘛，哪有那么多事！"

俗话说，头三十年看父敬子，后三十年看子敬父，老马有了这两个孙子，仿佛后三十年的好日子也有了保证，乐得合不拢嘴。儿媳妇的孝心十分充足，已经提前从集市上置办了各种年货，鸡和鱼都宰好洗净，排队等着下锅，猪头也拔光了毛备用，白面大馒头蒸了好几锅。大年二十九，老曹才从城里回来，大包小包提了一大堆。邻居各路大娘们听说了，赶紧提了点儿年货来问候。"哎呀老曹，你是不是不舍得关你那个小卖部呀，怎么现在才回来？""哎呀老曹，你可是发大财了，你都穿上皮鞋了！""哎呀老曹，你这身衣服得多少钱啊，肯定挺贵吧？咱集上可没卖的！""老曹，你可享福了呀，都不用烧麦秸草了，光烧煤就行了！"老曹看上去的确不是一般农村大娘了，她头发梳得溜光，不像有的大娘头发乱蓬蓬的，还夹着几根麦秸草，她抬起手捋头发的时候，大山的母亲眼尖，叫起来："老曹，你手上那个金镏子死贵死贵吧？！"她抓起老曹的手，没想到又顺藤摸瓜牵出老曹手腕上的金镯子，这下老曹家就像被捅了一棍子的麻雀窝，叽叽喳喳叫个不停。老曹淡定地笑着，任凭大家在她身上摸来摸去。等大家摸够了，老曹拉开一个大提包，从里面拿出一些小盒子分给大家，老曹的妯娌老关本来站在外围有些生气，看见有礼物连忙挤上来抢了一份儿。老曹神秘地说："这是俺闺女上班的县城百货大楼卖的擦脸油，正品货，擦擦可管用了，保准又白又嫩。"大娘们一阵惊呼，连忙小心翼翼地放进兜里，对老曹连声感谢。

老马和老曹成了正月里邻里吃席的座上客，各路酒席就像万里长城一样绵延不绝，老马每天都是酒肉穿肠过，几乎每个深夜都是被人架回来的，这种醉生梦死的日子让整个身心都得到了极大满足，完全化解掉了一年的辛苦，甚至把前几十年的各种不痛快都化解掉了。不过老马现在有公务了，正月初八小火车上路，老曹也惦记她的小卖部，所以酒席只能终止，那些没轮到请老马老曹吃席的邻里深表遗憾，相约明年一定早请。我很庆幸我们家属于那种排名比较靠后的，毕竟老马不是本家，只是住在前后街上的邻里，我前面说的那些关于老马家的事都是听邻居二哥转述的。邻居二哥插队请老马吃了一顿酒席，他老婆眼馋老曹的擦脸油，邻居二哥只好给老马的一个本家送了点儿年货，才换了个号提前排上。正月初五的晚上，邻居二哥家先是闹哄哄的"五魁首六六六"划拳喝酒声，继而是一阵更大的闹哄声，"老马呢？上茅房怎么不见了？""老马掉猪圈里了！""快找人把他捞上来！"在我们当地，猪圈和厕所是连接在一起的，其中的统筹规划之意显而易见，就像做饭的灶台与火炕有暗道连通一样，都反映了我们先祖的生存智慧。老马大概喝醉了，还没等走到厕所，就摔倒在猪圈里了。猪被惊醒了，发出不满的哼哼，领地被侵犯了，它踩踏老马也是很自然的。总之，等老马被打捞上来之后，散发出浓郁的猪之气息，但这并没有影响他第二天继续吃席。在我看来，烂醉如泥的人跟躺在猪圈里的猪并没有什么区别，甚至还不如猪，毕竟后者是清醒的。如果一头猪被洗净作为宠物养着，它一定比某些人更像人。现在很多人的理想也不过是当一头猪，最好生在一个独栋的精装修别墅级猪圈里，每天不需要工作，舒舒服服地躺在豪华猪圈里。到了饭点，就有人拿着一盆山珍海味，哗的一声倒在一个最好是黄金打造的猪槽子里，懒洋洋地起身，吧唧吧唧吃完，咕咚一声继续躺着，玩游戏或发个呆，年复一年日复一日，尽可能少付出多享受……

发了这一通牢骚，并不是我对老马有什么特别的不满，事实上，我对一切喝醉酒的人都有极深的厌恶。小时候每年正月里走亲戚，父亲用自行车带着我和弟弟，铺了沙子的宽阔公路两边是干着的水道，总会歪歪斜斜地趴着些自行车，自行车旁边也总会有一个人，姿势难看地躺着，有的甚至躺在自己吐出的一堆秽物中。那些醉汉总会引起我一种生理上的不适，我无法理解为什么他们心甘情愿地被酒精捉弄，像傻瓜一样毫无尊严地滚倒在冰冷的土沟里而不自知，这个场景已经超出了我的同情心。天黑了，他们让老婆孩子在家里徒劳地等着，焦心地挂虑着，自己却像个野狗一样呼呼大睡，毫无良心。我那时总觉得人生的可悲，一年的辛苦，到头来是这个结局。公路上还会有一些骑着自行车左拐右拐摇摇晃晃的醉汉，随时可能倒下去，需要格外小心，这些人前一分钟是疯子，后一分钟是傻瓜，如果被他们砸到甚至喷到，只有倒霉的份儿。最恐怖的是你平时熟悉甚至和蔼的人，有一天因为喝醉了酒，满脸肿胀变形，眼神迷离飘忽，嘴巴左歪右斜，舌头变粗变短，走路踉踉跄跄，简直就像被鬼附身，那时你除了唾弃甘愿自轻自贱的他们还能干什么呢？

老曹据说酒量惊人，甚至跟男人比拼过，但没人见她醉过。俗话说，没有金刚钻别揽瓷器活儿。那些丑态百出的醉汉明明没有操控酒精的能力，却偏要去招惹是非，结果被酒喝了，被酒耍了。但老曹喝酒跟喝白开水一样的才能，显示了狭路相逢勇者胜的气概，也让我有了间接蔑视酒精的资本，并对老曹起了敬佩驯服烈马之女侠的心意。

正月初七，老马和老曹吃了饺子去了县城，开始了他们新一年的美好生活。两个孙子适应了农村生活，下凡穿上了老棉袄，和小伙伴们摸爬滚打在草堆里，所以闹着先不回县城，等过了正月十五吃了元宵再走，反正坐上大客车，一两个小时就到了，不会耽误正月十六开学。一切都规划得井井有条，谁能想到老曹正月初八就出事了呢？而且是人命关天的大事。

正月初八一大早，老曹就起床了，老马让她再睡一会儿，她嘟嘟囔囔地念叨小火车临近中午要开过来，要多准备几个筐子，多劈点儿煤，屋子里好多天没生火，太冷了。老马在床上多赖了一会儿，没有老家的火炕，好不容易用了一

72

晚上的时间才把床垫子暖热了，真是不舍得起来。直到老曹发了火，他才慢腾腾起来，慢腾腾吃了点儿饭，把年前收拢的没卖完的烟酒糖茶摆在货架上。急什么呢？一年才刚开始，他一边腹诽着一边捣鼓着。还不到11点的时候，忽然听到小火车的鸣笛声，咔嗒咔嗒地越来越近了。老曹一下子着了急，"小火车今天怎么提前到了？老马，快，把铁锹给我拿过来！"老马也急了，"我还得给小火车升杆子呢，你自己去拿吧！""你把铁锹放哪儿了？刚才还在门口呢，怎么不见了？"老曹的火噌噌地往上冒，找了一圈才发现铁锹被压在一堆东西下面，她急忙抽出铁锹，转身就往小火车那儿跑。小火车第一天上班，似乎轮子上抹了油，咔嗒咔嗒麻利得很，老马连跑带颠，好不容易赶上给它抬起杆子放行，司机是个年轻的新手，看了一眼老马没搭腔。眼看着小火车拉着一车黑黢黢的煤要溜掉，老曹三步并作两步赶上，瞅准了一抡铁锹劈中煤，煤似乎被劈疼了，哆嗦着往下掉渣儿。也许老曹有多日没有劈煤，精准度不够，铁锹往下带的时候卡在了小火车运煤铁皮的边缝里，怎么也拉不动。老马看见了，大声喊老曹："快松手，危险！"但老曹不舍得放手，家里没有煤怎么行？烧水做饭取暖都需要，她绝不能放手！忽然她觉得一阵强力抓住了她，原来她的头发被小火车轮子卷住了！抹了油的小火车轮子转得飞快，根本没有意识到卷住了老曹。等老马追过去的时候，老曹被甩出来，老马赶紧接住，正要庆幸，可是老天爷呀，他只接住了老曹的身子，没头的老曹，咕嘟咕嘟冒血的老曹！老马发出悲惨的哭喊声，放下老曹的身子追打着小火车，老曹的头随着小火车的轮子一甩一甩，像个破烂的玩偶。那年轻的新手终于慈悲地看见或听见了老马，火车慢慢停下来，老马昏了过去。

等他醒来的时候，女婿站在床前，一脸悲痛。老马拉住女婿的手，哆嗦着，女婿点点头，答应会尽量处理好后事。过了两天，老马得了一笔抚恤金。老曹的头和身子缝在了一起，像失散的亲人终于团聚了，她脸上还化了妆，似乎对事件的处理很满意。

深受打击的老马很快离开了县城，离开了小火车，回到了村里。但两个孙子不愿意离开县城，老马的儿媳于是替代老曹原来的位置，老马的儿子则替代了老马。只要还有活着的人，生活总要继续下去。但失去老曹的老马没了精气神儿，像一朵失了水分的牵牛花，没几个月就出不了门了。春节吃酒席的时候，大家不禁感慨："哎呀，老曹要是不去县城，待在家里种地，虽然苦点儿累点儿，好歹还能吃过年饺子呀！""老曹要是没生那么出挑的闺女嫁到县城，没给她爹妈找个看小火车的活儿，老曹起码还能多活个十年八年啊！""不过老曹儿子一家得了便宜了，都进了县城，将来那两个

74

小子说不定还会去省城念大学呢！""那你说，老曹是折了自己为儿子孙子吗？""岂止老曹，老马也快折了呀！过年连酒都喝不下了！"大家你一言我一语。

无论如何，老曹因为一铁锨煤而身首异处的传奇人生，至少可以成为村里连续好几个春节的席间话题了。

周 大 夫

　　周大夫是我们鸡鸣村不可或缺的人物，经他手送走的村里老人不下几十个。随着年龄的增长，他的医术越来越高明，通常他看一眼某个病重的老人，会准确告诉家人准备后事的时间，三天或者两天或者一天，几乎没有误判的。他的祖父和父亲都是医者，据说他父亲当年身体不行了，躺在炕上气息微弱，一家人正准备后事，大门猛地被推开，架进来一个胳膊错了骨缝的，哎哟哎哟地叫着，老人家挣扎着起来，指挥着把胳膊接好，才躺下咽了气。

　　从我记事起，周大夫就在村里走街串巷看病了。他个子很高，有点儿驼背，面容安静，脾气温和，说话慢悠悠的，柔声细气。大家都信任他，觉得他的医术比镇上医院里的医生还高明。最难得的是，无论什么时候去请他看病，他都二话不说赶来。冬天的晚上，特别是临近年关，很多老人都会生病，甚至离世，周大夫从温暖的家里赶过来，给病人的家属宽心，给痛苦挣扎的病人打一支止痛针。他家住在村中心，正好便于四处看顾。我有时看他提着药箱在街上匆匆地走着，觉得他真是一个伟大的人，经历了那么多人的临终时刻，依然平静地活着，是令人钦佩的。这么多年，我们村哪怕得了大病的，也很少去城里看病，最后通常都是找周大夫给开些药，听他说个准确日子，病人和家属都心下了然，该准备的准备些，最后安然迎接那个日子。

因为有了周大夫，死亡在我们村里变成一个不那么可怕的事。他似乎分享了死亡的秘密，化解了死亡带来的恐惧，"生老病死"的最后一关变得理所当然起来。"某某走了"这句委婉话语在大家的嘴里经常出现，仿佛那人只是去了某处远游。我无法想象周大夫有一天走了村里该怎么办，好在他一直身体康泰，今年大概也有近八十岁了。我父母有时回老家待一段时间，回来后还称赞从他那儿拿点儿很便宜的药，便对头疼脑热的症状有奇效。我想如果他待在城里的大医院，早就成了医学泰斗了，身边弟子无数。但这恐怕只是我的一厢情愿，周大夫几十年如一日面容平静地服侍各种病人，大概早就有了圣者心肠。如果说"医者父母心"，他算得上是我们全村的老父亲了。

不仅如此，因为周大夫医术高明为人和善，周围几个村的也常有来找他看病的，还有一些是我们村的亲戚，借着走亲访友的机会找他看看，抓几服药。他算得上是中西医兼顾的，来自祖传的秘方自然是中医，但他也不故步自封，西医的成果也吸纳进来，因此也常开些有效的西药给病人。他家的药铺里既有中医的药柜子，也有西医的药盒子。西医见效快，可以处理一些紧急病症；中医见效慢，但对于一些慢性老病，显得更可心。他扎针的技术也是令人放心的，略微斟酌之后，一针到位。有时病人不便移动，他就到病人家中打针或者挂吊瓶。总之，他是根据病人的具体情况，尽量减轻病人痛苦，也尽量减轻家属负担。有些病重的老年人，他不再给开药，只是定时打个止痛针，或者开个食疗的小方子。他因此并不多么富裕，只是维持着一个凭手艺吃饭的普通家庭。

周大夫看病多年，偶尔也有走眼的时候。我姥姥病重的时候，曾在我们家住过一阵儿，周大夫因此经常来看她。他有两次下了病危通知，在把脉之后郑重地说："没脉了，准备吧。"但姥姥每次都挺过来了，重新有了脉搏，又多活了两年，他因此经常感慨："这个老人，真是个奇迹！"姥姥年轻时读过书，参加过民先队，经常翻山越岭躲避鬼子，练就了一身好体魄。有一次她还在村西头的沽河岸边被鬼子杀害的八路军中扒出一个没有咽气的战士，偷偷背回家疗养，那人好了以后重返部队。姥姥后来嫁给姥爷，姥爷根正苗红，父母早亡，一直给地主当长工，大字不识一个。生了一大堆孩子，姥姥就没有精力再出去革命了，早年的那些革命经历也渐渐成了断线的风筝，她则成了沽河村一个普通的农村老太太。改革开放之后的某一年，沽河村忽然来了个大军官，开着一辆高大的吉普车，停在姥姥家门口。原来是当年那个被救的战士，多方打听联系到姥姥这个救命恩人，专程回来看望她。我小时候很喜欢听姥姥讲故事，这些在生死边缘的人生历练或许使得姥姥的身体具有了超越一般生死规律的能力，也多少超出了周大夫的判断力。

周大夫的两个儿子都没有继承父业，这是村民都深以为憾的。我小时候怀疑周大夫把他们家所有的医学精华都吸收了，连渣渣儿也没给儿子们剩下。他的小儿子曾与我同学，像个终日在宝山中穿行却一无所获的愚钝之子，没有一丝对医术的渴慕，热衷于上树捉鸟下河摸鱼，长大后去了县城，在百货商场门口当了一名保安，轻松度日。大儿子在我们村南边开了一家养鸡场，终日与鸡蛋和鸡肉打交道。鉴于鸡的智商较为低下，他基本不费什么脑子。多年以后，我忽然有了一丝疑心，或许周大夫的两个儿子是故意不继承父业的，要知道治病救人这项工作是极其耗神而且责任重大的，能够从中脱身，对于普通人来说，未尝不是一种处事的机巧。

随着城市化的推进，年轻人努力进城买房，有病可以去城里大医院，所以周大夫的医术得不到继承和发展，似乎也不是我们村一件生死攸关的大事。城市的魅力无疑是不可抵抗的，逐步优雅或野性地蚕食着乡村，乡村则一点点地交出自己的灵魂，连剩下的躯壳都散发着对城市的降服，随时准备把自己变成旧村改造中的一员。我偶尔想起周大夫，他依然是我小时候印象中那个高大清瘦微驼的样子，守护我们鸡鸣村几十年，加上他的父亲和祖父，行医至少超过百年了吧？有这么厚的福德，周大夫一定会长命百岁的。

崔 校 长

崔校长在我们村小学当校长这件事，在一定程度上影响了我日后的职业选择。我上小学时，赶上了国家重视教育的好机会，每家孩子至少两三个，每个村都会设置一所小学，上中学则需要考试选拔，每个镇会设置一所中学。村小学的老师基本都是民办教师，来自本村，放学后回家吃住便可，但小学校长通常都是县里委派的，且不会固定在一处，通常过几年就在不同的小学间流动。崔校长在我们鸡鸣村任职的时间接近十年，覆盖了我整个小学阶段，所以他算得上是我"正宗"的小学校长了。

崔校长除了负责全校教务，还教我们语文。他那时四五十岁的年纪，身材微胖，脸有些圆，看上去很和善。他算是高个子，每次在黑板上把课文题目工整地写下，胳膊一伸，可以从黑板的最上方落笔，为后面写的字词留下足够空间，整个黑板都有一种从容优雅的气质，不像数学课上瘦黑的朱老师，踮起脚才够到黑板中间位置，写完一道题转过身来，粉笔末落了一脸，下课时脸总比刚上课时白了很多。

崔校长喜欢自己先把课文大声朗读一遍，然后再教我们读写。他的字写得方正美观，其实很多汉字本身都是带表情的，只要把它们写好，就对人有足够的吸引力。比如"笑"和"哭"，你绝不会把它们混淆，看着它们就知道一个在笑一个在哭。崔校长把字写在黑板上，让我对汉字产生了一发而不可收的喜爱，一点儿也不觉得默写生字词是个难事。

除了课本内容，崔校长也喜欢在上课时穿插一些励志短文短语，其中我印象最深的是《明日歌》："明日复明日，明日何其多！我生待明日，万事成蹉跎……"这首诗内容朴实，语言简明，朗朗上口，是我幼时最爱的诗歌之一。等有了儿子，我很自然地把它作为幼教儿歌。儿子上学后的某天，回家后有些失落。我问他原因，他说："今天课堂上老师教我们念《明日歌》，我才知道，这首诗原来不是你写的……"我有些失笑，这也不能怨我贪功呀，给小孩唱个警世儿歌，谁会想到去作注呢？

这个生活细节表明，崔校长的教导在几十年后仍然对我起作用。不过，说到他对我的影响，更大的要数职业方向的选择了。这倒不是说我从小便树立了教书育人的高远志向，而是说在那种尊师重教的时代背景中，我也想同崔校长那样，通过自己的劳动来获得人们的敬意。说得更通俗一些，我对崔校长在我们村的伙食十分向往。

崔校长因为家离得远，独自一个人住在校园东头的一间大房子里，颇有点儿古代读书人做了官"老妻寄异县"的味道。其实主要的原因是，他的妻子务农，必须在老家种地，并伺候老人照顾孩子，不能随他在我们村小学一起生活。崔校长的房子隔成两间，里间安置床铺，外间放着一张桌子和几把椅子、洗脸架和洗脸盆等生活用品，窗台上还摆着几小盆月季花，一年到头都开花，又泼辣又美丽。

除了教室和办公室，他吃饭休息就都在那专属的房子里。但他自己是不做饭的。我马上要说到他令我羡慕的地方了：我不喜欢做饭，但喜欢吃饭，且喜欢吃花样多的饭——恰恰在这一点上，崔校长拥有了所有我想要的，所以我必须羡慕他。当然，这一切都必须建立在尊师重教的前提下。崔校长在我们村是靠吃百家饭生活的，这话一点儿都不夸张。

大概每隔一个月，我们村凡是有孩子上小学的家庭，都会轮值给崔校长送饭一天。这一天的饭菜，肯定代表了各家最高的伙食标准，毕竟是给学校先生送饭呀。当然，各家生活条件不一样，最高标准之间也有差距。"万般皆下品，惟有读书高"的传统观念，在我们村有很深的基础，教书先生自然也是受尊重的。每次轮到我家，母亲都会提前做准备，去集市上买些鱼和肉。家里菜园有不少时令新鲜菜，总要挑最嫩最好看的采摘。单说那细长的豆角，挂在架子上像翠绿的面条垂下来，掐断的时候会冒出带着清香的嫩汁，切段炒肉丝、切丁炒鸡蛋或者蒸熟后麻汁蒜泥凉拌都是美味。其他比如韭菜炒鸡蛋、小葱拌豆腐、白菜炖粉条、油炸花生米都是可以的，但作为主菜是不够的，鸡鸭鱼肉总要有一样才行。总之，每次轮值就像招待贵客一样。

家里专门买了一个轻便结实的铁皮桶，作为送饭专用器具。母亲用薄竹板隔成几层，最下层是一个瓷罐，里面装着熬好的小米粥或大米粥或玉米粥，上面几层用盘子盛着荤菜和素菜，主食通常是白面馒头，用的是自家麦子磨好的头层白面，或者是蛋炒饭或炝锅面条。早饭简单些，一荤一素，再配点儿自家腌制的小咸菜或者切好的花式流油咸鸭蛋；午饭和晚饭则是荤素搭配四个菜。铁皮桶顶部左右各有个环，我和弟弟用一根长棍穿过，一前一后抬着去送饭。这些饭对我们有很大诱惑力，毕竟平时家里的饭菜要简单得多。母亲体恤我们，总是多做一点儿，铁皮桶盖上盖子后，锅里还有一些肉菜，这样我们就能心平气和地去送饭了。

饭菜送到后，崔校长总是很热情地迎接，打开后会夸赞菜肴的丰盛和美味。崔校长吃饭的时候，我们在前面院子里边玩边等，大约半个小时就会听到他喊我们。抬着桶回家的步子是轻松愉悦的，美食在前，有时还会得到一点儿回礼，比如一个苹果、几块糖，因此每次给崔校长送饭的日子，就像一个快乐的节日。

除了周末，来回送饭的时间是需要从上学的时间里挤出来的，所以轮值的那天，日程安排很紧密。早晨天不亮母亲就要起床操持，饭菜快准备好的时候把我和弟弟喊醒，返回之后我们要赶紧吃，吃完再去上学。中午为了赶时间，轮值生可以跟第四节课的老师请个假，提前回家送饭，以免跟放学的大部队迎头相撞耽误事儿。晚饭可以不太着急，一直等到放学回家再去送。

生活在温带地区，可以免费体验四季的变化。春天和秋天不冷不热，送饭算是一件美差。冬天轮值则算是一件辛苦事，遇到下雪或者结冰，更需要极其小心，就像走钢丝，总担心把桶给摔了。弟弟虽然调皮，但做起事来还是很靠谱的。他找来两根棍子做手杖，我们右手抬桶，贴着地面走，步子细碎，左手拿棍，遇到危险可以随时支撑住。如果天晴，虽然冻手冻脚，但可以用肩扛，大步快走。夏天轮值不怕毒日头，大不了戴上草帽，若是下雨就比较麻烦，需要穿着雨衣雨鞋，"咕叽咕叽"地走。饭桶也罩上雨衣，像个娇小姐坐在轿子里。不过夏天轮值有个额外的好处，就是不用被强迫待在教室里睡午觉，可以趁机开心地玩好长时间。那时在学校睡午觉简直就像少林寺的和尚练武功，同桌两人一个睡课桌，一个睡窄窄的长条椅子，后者需要更高明的功夫才不会掉下去。通常每周末调换一次桌椅，睡桌子的人固然舒服些，但也有潜在的危险，万一忘乎所以翻身掉到地上，就要体验一下摔瓜的滋味。因此每天午休，班级会安排一个值日生来回巡视，除了监督众人午休、惩治搞小动作等任务，还要提高警惕，防止有人熟睡而掉下桌去，要及时过去帮忙翻一下身。总之，不想睡又不得不睡的午觉，可以用给崔校长送饭的正宗理由推掉，换来一个世人皆睡我独醒的大好机会。

因为父亲工作调动，我们家后来从村子里搬走了。但我一直持守成为一名教师的工作愿景，潜意识中大概与羡慕崔校长吃百家饭这件事是有关联的。可惜的是，这种送饭制度在我尚未从师范大学毕业时就终止了，连我们村小学都不复存在了。因为学龄儿童少，几个村的孩子拢到一起才够组建成一个小学，我们村的孩子只好去邻村读书。

工作多年后，我回老家，转了几圈后都没找到记忆中的学校，打听后才得知，学校早就在街道规划中被拆除了，原址上盖了民房。路上，我遇到一个矮胖老头儿，依稀辨得出是我小学期间的数学朱老师，一问果然是。他七十多岁了，精神头儿很好，国家把他们那一批当年的民办教师都转正了，现在每个月退休金很高，衣食无忧。我听了也很欣慰，当年民办教师的待遇都不高，为了养家糊口，平时除了上课，还要下地干活。遇到抢麦收季节，整晚打麦扬场，第二天一早来不及洗澡就到教室上课，头发里还夹着麦草呢。好在苦尽甘来，晚年享福。我向他问起崔校长　他笑起来，"老崔啊，他挺好的，退休后回老家了，如今年龄大了，跟着孩子们在城里住。我们这群老朋友不时有联络，去年我们还见面喝过酒呢！"

本 家 二 叔

　　腊月里小年一过，年味就越来越浓了。大人孩子都开始有了紧迫感，抓紧备年，仿佛整整一年是否圆满就看这个句号画得怎么样。鸡鸭猪鹅却一天天紧张起来，因为知道它们的终点到了。备年的大件之一是一套猪下货，于是猪每天都在被赶往屠宰场。不过从屠宰场里出来的流水线猪下货，终究不如我一个本家二叔给预留的好。

　　本家二叔是个屠夫，手艺精良，据说猪一见他走来就开始吓得腿哆嗦。每年春节临近，本家二叔就从天刚亮一直忙到天黑。我那时经常是在猪的惨叫声中起床的。如果你没有机会听过猪的惨叫声，你可以听听火车进站时的鸣笛声，当然凄惨度得加一千倍，密集度也要加一百倍。每当听到杀猪声，我都会鄙视自己为什么那么喜欢吃肉。可是等香喷喷的猪肉端上桌时，我却忘记了自己的鄙视，这一点，我弟弟比我更严重。杀猪的时候，他甚至会为猪大哭，并斥责大人们为什么那么狠心，可是吃肉的时候，他下筷子比谁都快都狠。在猪的惨叫声中，年的身影越来越清晰了。故事书上说年是个怪兽，我觉得有一定道理，害了那么多猪，一定是个大怪兽吧。

寒冬腊月，本家二叔穿着一件油光锃亮的大棉袄，腰里别着一把亮闪闪的杀猪刀，神气十足地走在大街上，不断有人向他打招呼，给他递烟卷。吸不完的时候，他就别在耳朵后面。杀猪的时候，他吐一口唾沫，在手心上搓搓，然后朝那被绑好的猪走过去。猪激烈地喊叫挣扎着，他却毫不为之所动。待走到跟前，猛地拔出刀，一下子刺向猪的脖子，猪发出一声尖锐的喊叫，之后逐渐弱下来，慢慢地就没有声息了。我曾疑心他以前做过土匪强盗，但其实他只是一个为生活所迫，冬季农闲时借杀猪挣点儿零花钱的平常人。只是一旦做了屠夫，就很难罢手了，于是他从此便年年都是猪的死敌了。

猪杀多了，自然便知道哪套猪下货是上好的。他出钱买几套，别人也不会多要他钱。他当然不都是自己吃，而是给要好的亲戚朋友预留的。因为我们两家关系不错，所以基本上每年他都会给我们家预留一套。每到年底，一旦本家二叔嘴里叼着烟卷，手里提着一个大袋子，推开我们家大门，妈妈就赶紧迎上前去，说一连串的感谢并接下袋子。因为本家二叔家里不宽裕，所以妈妈总是比市场价多给他些钱，外加上一点儿年货。本家二叔也不多推辞，说声"谢了"，拿起就走了。

他一走，妈妈就张罗着收拾猪下货，我和弟弟打下手，大家都兴奋起来摩拳擦掌。冲上来凑数的还有我们家的小狗，因为它知道年终骨头大餐来了。一套猪下货包括猪头、猪蹄子、猪尾巴以及整套猪内脏等。收拾猪下货，最关键的一步是拔猪毛。妈妈早就备好了沥青，倒进一口铁锅，放在炉子上慢慢熬热化开，直到成了糊糊状。把滚烫的糊状沥青小心地倒在有猪毛的地方，稍加冷却，让沥青和猪皮完全粘在一起，然后揪住一块毛，快速地扯下来，连毛根儿都被彻底拔掉。等到所有的毛都去掉后，原先脏兮兮的猪头猪脚猪尾巴都白白净净的，任何洗洁剂都达不到这种效果，简直让你刮目相看。单个的猪头摆在那里，总像是笑眯眯的，似乎被杀前的痛苦都消失了，只剩下了对命运的顺从。猪脚们简直有三寸金莲的气质，而那猪尾巴，倒有几分教鞭的威风。

据说有一年，我们家一个远房亲戚，在全家人围着一锅沥青拔猪毛的时候，发生了一件惨案。他们家一个孩子在院子里玩鞭炮，其中一个鞭炮不知什么原因落在沥青锅里，啪地炸开了花。滚烫的沥青溅出来，一家人都毁了容，住进了医院。因为这件事，以后大家煮沥青拔猪毛的时候，坚决禁止小孩子玩鞭炮，这也算是牺牲一个成全大众的典型了。

整套猪下货收拾干净之后，一样样倒进十人大锅里，放上各种配料，倒上水，盖上盖。爸爸早就把木柴劈成碎块备好，妈妈先用碎草把火引着，然后放上劈好的木块，很快锅灶下面就红彤彤的了。等到热气上腾、香气四溢的时候，大家都欢笑起来，连小狗也在地上打滚撒欢儿。一套猪下货要煮好几个小时，通常大年二十九晚饭过后开始煮，一直煮到午夜才会好。我一般先去睡一觉，等妈妈煮好后把我喊醒，我就从炕上爬起来，趁热尝尝鲜。小狗一直不肯去窝里睡，陪在妈妈身边等它的骨头，实在困了，就趴在妈妈腿上打个盹儿。妈妈从锅里捞起一块没有太多肉的骨头，它立马高高地站起来，张开嘴接着，然后小心翼翼地跑回窝里，慢慢品尝。每年春节，它都要用一堆骨头装饰它的窝。睡觉的时候，它把下巴搁在一块大骨头上，我想它一定是在梦中也享用它的美味。

这套猪下货的吃法也是很丰富的。春节期间，亲朋好友互相串门吃席。猪头肉剔下来，可以拌凉菜。猪耳朵切下来，和着蒜泥葱丝儿凉拌。猪的内脏，也都是上好的菜肴。另外，煮烂的猪蹄子，从热锅里捞出来，放在一个大瓷盆里，从锅里舀上一些热汤，盖好，赶紧端到冰凉的院子里，第二天一早，便成了一锅美味的肉冻。客人来了，用刀切一大块，再放到盘子里切成小块。如果想让肉冻味道更加丰富，可以在煮猪下货的时候，把杀好洗好的两只鸡放在一起煮。猪肉鸡肉混合冻，是我小时候的美食之一。亮晶晶的，颤巍巍的，里面有韧滑的猪皮，有细细的鸡丝，加上入口即化的汤冻，口感极佳，回味悠长。

说到鸡肉，那就意味着过年除了杀猪，还要杀鸡。鸡虽然是一种记吃不记打的没脑子的动物，但不能否认它全身都是宝。单是鸡蛋这一种产品，便足以证明鸡的价值不可限量。平日里每逢哪家生了小孩，家主便提着一篮子染了红皮的鸡蛋，到亲朋好友家报喜。收到的回礼中，也大多是鸡蛋，因为产妇最主要的营养品就是鸡和鸡蛋。出了满月，产妇通常会在街上扎堆聊天的时候，宣称自己一个月吃了多少只鸡多少个蛋。吃得多的，便证明自己在家庭里是有地位的，受疼爱的。但也有出来埋怨自己吃得少的，这通常是生了女孩，又加上有不懂事的婆婆。于是，鸡一定程度上具有了度量衡的价值。

各家各户通常都会养鸡。每到春天，街上会来一些卖鸡崽儿的小贩。一个箩筐里，叽叽喳喳的一群小黄鸡，毛茸茸的一团，娇娇嫩嫩的惹人爱怜。小孩子们围着一圈儿，逗小鸡玩。一开始箩筐很满，小鸡们挤来挤去，有的被挤倒，哀怨着站起来，那小细腿小细脚，似乎随时都能折断。渐渐地，小鸡们被各家妈妈们挑走了，笸箩越来越空旷。等到傍晚，仅剩下的几只小鸡也被打包便宜卖了。小鸡刚被买回家，一定要放在一个单独的地方养，等大点儿才能到院子里，要不然会被院子里来回跑动的大家伙们一脚踩死。

买鸡崽儿的时候，小贩会告诉你哪只是公鸡哪只是母鸡，但一般人是看不出来的。通常母鸡买得多，为了下蛋。公鸡买得少，平时打鸣，养到年底便成了佳肴。但公鸡在年底大多不甘于逆来顺受被杀掉，毕竟它算得上是一种骄傲的动物。一年里，它享受母鸡们的殷勤服侍，欣赏自己一身华丽的衣饰，习惯于每天早晨迎接太阳，唤醒各种懒惰的群体。一年的尊荣之路，尽头却是一把锋利的菜刀，它绝不甘心。于是，年底杀鸡有时便成了一项看似简单却无比艰难的工程。会杀鸡的，把鸡抓住，捏住脖子，用刀精准地切断喉咙，放出一摊血，扔在地上，让它慢慢挣扎几下，便了事了。不会杀的，常常鸡脖子都切断了，鸡头都卓下来了，鸡还在拼命挣扎，溅你一身血，大有同归于尽的架势，现场极其惊人惨烈。妈妈操持家务很能干，唯独杀鸡一事上，却无能为力。于是，我们家每年都要请人来杀鸡。通常是请一个本家大嫂，她平日里为人极为谦逊温和，四邻没有不称赞的，但临刀那一杀，却冷静利落，前后不过几分钟，很小的一摊血，便结束了。我对此十分佩服，因为她不但解决了妈妈的难题，也减轻了鸡的痛苦。但有一年，她回娘家办事去了，杀鸡的重任便落在了本家二叔头上。

本家二叔杀惯了猪，一副杀得了天下的派头。妈妈一去请他，他满口答应，说抽空就来。那天他腰里别着杀猪刀，手里提着一套猪下货，进了我们院子。看样子他刚杀了一头猪，一副踌躇满志的样子。妈妈指认了要杀的大公鸡，它被扣在一个筐子里。早晨妈妈有预谋地堵在鸡窝前，待它一出来就把它扣住了，要不然很难抓住它。看到本家二叔走过来，它似乎闻到了不祥的气息，拼命撞击筐子。本家二叔蹲下身，掀起筐子，没想到它猛地冲出来，扑向本家二叔，坚硬的嘴巴一阵乱啄。本家二叔吃了一惊，向后一躲，它趁机跑了。也许它蜷缩得久了，跑起来腿脚不像平时那么有力，本家二叔一个虎扑，把它的右腿抓住了。一番激烈的搏斗之后，本家二叔成功地制服了它，捏住它的脖子，提着它走到一块石板处，按住它的头，手起刀落，鸡头落地。本家二叔如释重负，站起来，嘴里还骂骂咧咧，大概他杀猪都没有这么费劲。没想到一转眼，这只没头的公鸡站起来跑了。在大家的惊呼声中，它竟然神勇地展翅飞上了屋顶！在屋顶上它还来回走了几步，大概想仰头长鸣，却发现自己竟然没了头，于是从屋顶上栽了下来。

这只大公鸡，我们那年终究没有吃它。妈妈有些黯然，似乎觉得有些对不起它。弟弟提议把它挖个坑埋了，于是它连头带身子都被埋在鸡窝旁边。本家二叔啧啧地走了，说这只鸡简直比一头猪还厉害，以后他还是老老实实杀猪好了。

公 冶 长

　　我小时候顶佩服的一个人是公冶长。佩服他不是因为他是孔子的学生，也不是孔子把女儿嫁给他，而是因为他通晓鸟语。自从听说了他那些神奇的故事，我特别希望自己也能听懂鸟语。这样万一有什么灾祸，可以提前从鸟那里知道，及早告知大家。这与其说是杞人忧天，不如说是一种英雄情结。那时我们刘姓同学，多以刘胡兰为荣。但每逢秋天，看到村里摆出明晃晃的铡刀（用来切碎玉米秸），我还是暗暗怀疑，若是换了自己，是否有勇气在敌人面前，呼出一阵激昂的口号，然后坦然躺在铡刀之下。

　　有树的地方鸟就多，我于是常常一个人去树林里听鸟叫。可惜听了好几天，也没怎么听懂，嘈杂得很。但我至少听出来了，鸟不都是在唱歌。它们和人一样，经常在一起聊天，有时也开会商量什么事情，甚至会激烈地吵架。大鸟会教训小鸟，它们也有家庭琐事，有七情六欲。

有一天，我看见两只鸟站在我们家墙头，面对面叽叽喳喳说了好多，好像在商量什么事情。过了一阵儿，它们一起飞到屋檐下，站在一块凹进去的地方又讨论了一阵。讨论完又飞出来，站在墙头上歪着脑袋审视那个地方，互相点点头飞走了。我的直觉断定它们还会回来。果然，第二天一早，它们嘴里衔着一根很细的小枝条进了那个凹处。接下来几天，它们不断地来来回回，除了衔小枝条，还衔干草，每天忙碌得很，原来它们决定在我们屋檐下安家。这让我很高兴，也炫耀给小伙伴们，因为据说鸟是很挑剔的，只有那些和睦美满的家庭才会被它们选中。鸟窝盖好了，它们就过起安舒的日子来。我常听到它们温柔地应答，欢快地说笑，真是一对佳偶。过了些日子，它们忽然又忙碌起来，一大早便飞出飞回，每次回来嘴巴里都叼着一条虫子。还没到窝边，窝里便冒出几张阔大的黑嘴，镶着金边，拼命喊叫。原来它们已经生儿育女了，屋檐下于是热闹起来，但也多了些焦躁之气。有一天父母不在家，小鸟们发生争执，竟然把其中一只挤出了鸟窝，掉在地上。我赶紧把它捡起来，还好没有摔残，只是翅膀有点儿受伤。静养了几天后，我踩着梯子把它送回鸟窝，迎来一阵欢呼。

　　我们家南边隔着一条街住着一个姓刘的孤老头儿，平日里脏兮兮的，我怀疑他一年到头都不洗澡，也不换衣服。街坊邻居可怜他，有时送给他一些吃的，或者一些旧衣服。有一年春节，因为收到一件半新棉衣，他在门口点起一堆火，脱下了身上那件油乎乎的黑袄，扔进火堆里。很快，火堆里响起噼噼啪啪的声音，就像是微型鞭炮。小伙伴们围过去看，问他什么在响。他咧开嘴，嘿嘿一笑："跳蚤呗！"吓得大家赶紧往外跑，生怕跳蚤从火堆里蹦到身上来。

刘老头虽然脏兮兮的，但他懂得挺多，特别是动物方面的知识。那时村里如果有养鹦鹉或八哥的，想驯说话之前，都来找他给剪舌头。他的手黢黑粗糙，却可以剪出尖尖的舌头来。剪完舌头，有人递给他一盒烟或一瓶酒，他都不客气地收下。似乎那些经他开过口的鸟，说话格外顺溜。我猜想鸟儿们也是有江湖的，在他这儿过了第一关，便仿佛得了通行证，或是什么秘籍，从此便褪去几分鸟气，开口说起几分人话来。也因此，刘老头在我心目中，有了几分公冶长的味道。后来学英语的时候，我有一种念头，就是该去找刘老头把舌头剪一剪，这样也许就说得地道了。有些人的英语简直可怕，满嘴大舌头，让人听了心中杂草丛生，或有肠梗阻的危险，我疑心若是刘老头在，一定会把他们的舌头剪得几乎不剩。

鸡这种动物，有时也装出鸟的样子。我曾亲眼见到我们家的两只鸡，有一阵儿不知道什么缘故，一遍遍地站在墙头上练习飞行。虽然每次飞行都变成滑翔，但那种精神也是可贵，仿佛铁了心要比翼双飞。如果它们知道进化论，一定很乐意将自己跟鸟族攀上亲戚。至于鸟儿们是否愿意，那就不得而知了。但鸟儿们在觅食艰难的时候，也不得不降尊自己，从半空中下来，跟鸡争食吃，这似乎有点儿退化论了。

有一年我们家养了一只神气的大公鸡，毛色艳丽，声音洪亮，举止颇有王者气息。我猜想它一定是鸡中的美男子，所以吸引院子里所有的母鸡。它走到哪里都是中心，镶嵌血红鸡冠的头颅高高昂起，居高临下地俯视它的臣妾们。每逢中午，母鸡吃饱了饭，都要围着它休息一阵儿，那常常是它临幸的时候。这样安稳舒适的日子，有一天因为来了另外一只年轻的小公鸡而被打破了。那只小公鸡原本是别人送给刘老头的，作为答谢的下酒礼物。因为我们家常帮助他，他过意不去，于是转送给了我们。以前母鸡们没有选择的余地，以为老公鸡是天下唯一可托付终身的，现在小公鸡一来，母鸡们很快分成两队，午休的时候也出现了楚河汉界。我自以为听得懂它们那咕咕声里的怒气，有时靠近它们好言相劝，大意就是大家既然生活在一处，就要以和为贵。它们卧在那里不作声，我便有些得意，以为自己有了点儿公冶长的本事，可借三寸不烂之舌化干戈为玉帛。但有一天中午，毫无征兆，血战突然爆发。老公鸡先声夺人，怒发冲冠，扇起翅膀直接扑向小公鸡。小公鸡也不甘示弱，奋力反击。仿佛是武林两大高手过招，招招狠毒，均想置对方于死地，于是地上很快出现了狼藉的鸡毛。这战斗场面恰巧被我遇见，我带着几分恼怒，拿起扫帚冲上去劝架。最终双方皆衣衫不整，气愤地回到自己的地盘。我以为母鸡会分别围上前去，表示深切慰问，但实际上，它们不仅智商低，情商也低，没事一样地找食去了，倒显得冲突双方颇有些无趣。为了防止日后再起冲突，我家将那只小公鸡又还给了刘老头，刘老头听后点点头，说是一山不容二虎。

　　我长大后对掌握多门外语的人总有一种仰慕之心，大概是出自小时候对公冶长的仰慕。说实在的，如果你听一门你一窍不通的语言，简直跟听鸟语没有什么区别。我国地大物博，方言众多，可谓百鸟齐鸣了。据说公冶长后来还听懂了猪的言语，我于是更加钦佩他。猪很长时间都被视为蠢笨的代表，但近来证明它是典型的大智若愚。好在早就有公冶长这个知音，要不然让它们情何以堪呢。有一个故事说道，公冶长某一天偶然经过屠宰场，听到猪儿们打算开个庆祝大会。公冶长对此很惊讶，群猪既然进了屠宰场，有何可庆祝的？他随即问旁边树上的乌鸦，乌鸦告诉他：昨天张、李二屠户在如何杀猪一事上出现争执，且张屠户早欲独霸屠宰场，便借酒醉把李屠户打死了。因官司争执不下，张屠户忙于内外打点，一天没顾上杀猪，还将宴席上的残羹剩饭喂了猪，所以苟延残喘的群猪，便打算庆祝延生之福。我后来上学读书，读到"今朝有酒今朝醉，明日愁来明日愁""人生得意须尽欢，莫使金樽空对月"这些金句，不禁感慨世间诸理相通。如此看来，这个故事根本就不是讽刺群猪愚钝的意思。为偷得浮生一日而庆幸，这甚至包含了一些处世智慧在里面呢。

自从刘老头告诉我，他能听懂老鼠的话，我就觉得他有些可佩服之处了。那天是八月十五，家里让我去给他送几个月饼。他一边高兴地吃月饼，一边跟我提起老鼠的事。他说昨天下午经过花生地的时候，听见一群老鼠在商量："今天晚上月亮一上来咱们就动工，请街坊邻居都来帮忙，争取一晚上挖完。"他于是很好奇，到了晚上又去了花生地。花生都收完了，地里很空旷。白花花的月亮照下来，照见一群老鼠正准备打洞。只见一只灰色长毛的大老鼠，眼珠子贼亮，站在一个土堆上，直起身子大声说："各位街坊邻居，今天我们家打洞，大家都来帮忙，谢谢啦。咱们按照以往的方法，一个紧跟一个，把土运出去，把洞打出来！"其他老鼠都应和着，说是互相帮忙，应该的，应该的！于是接下来，老鼠们一溜儿排开，像一条粗粗的黑线一样，一直排出去好远。领头的老鼠一声令下，便开工了。只见领头老鼠前腿扒土，后腿运土，很快它就钻进地下不见了。紧挨着的老鼠接力把土运给后面的老鼠，这样一只接一只。地面上的老鼠越来越少，地面上的土却越来越多。不知道过了多久，田老鼠们一只只从地里钻出来，筋疲力尽，腿都站不住了，有的干脆躺在地上直喘气。最后，那只领头的大老鼠也出来了，它爬到土堆子上，哑着嗓子说："大伙儿都辛苦了，等我们家收拾好，一定请大家伙儿来吃大餐！"其他老鼠都纷纷说好啊，好啊，于是就散了。

刘老头讲得很投入，连月饼也停了吃。出于谨慎，我特意问他："你真的听懂老鼠说的了？"刘老头哈哈一笑，没说什么。但他接着强调："我昨晚可是亲眼看到它们排起一溜儿长队打洞的，月亮下面，黑的一长溜儿！你要不信，下次它们再打洞，我带你去看！你不知道，它们的洞讲究可多呢。有专门睡觉的地方，有专门储存粮食的地方。单是粮仓，就有好几层。最上面的是临时吃的，最下面的是用来过冬的。仓库里存的都是最好的粮食，花生、豆子个个上等货，码得又结实又漂亮，比我们生产队里的仓库还好看！"我问他："你怎么知道？你见过吗？"他眼睛一瞪说："那当然，我挖过很多田老鼠洞呢！有时我没东西吃了，就去抢点儿它们的。嘿嘿，这当然不太好，它们偷粮食也不容易。快秋收的时候，全家老少天天晚上熬夜往洞里运。它们没有什么车辆马匹，全凭一张嘴，把粮食塞在腮帮子里运。几天下来，腮帮子都是肿的！不过，我也挖过一些田老鼠洞，里面只有很少的一点儿粮食，也没有上下仓，吃饭睡觉就一个窝，一副凑合着过日子的样子。你知道那是什么老鼠吗？"我摇摇头，他咧开嘴笑起来，"哈哈，就是像我这样的孤老头子啊！"

　　我一面相信他的故事，一面也多少怀疑里面有虚构的成分。不过谁知道呢？天地之大，总有一些人会打破某些看起来泾渭分明的界限，或在常人看起来不可逾越的某些地带来去自如。大概，公冶长和刘老头就是这一类人吧。

杜 三 娘

　　杜三娘自从嫁到我们鸡鸣村以后，几乎没有一天不挨打，除非她男人不在家。时间长了，要是哪天她不呜呜地哭，左右邻舍都觉得缺了点儿什么，连睡觉都不踏实。

　　她娘家距离我们这里很远，说话口音差别很大。按说她娘家人也该过来看看她，帮她收拾一下她男人孙金生，不过我们从来没见过一个人影儿。她逢年过节也不回娘家，就像一摊泥巴一样糊在村西头的三间土房子里。那是我们村仅有的几间土房子，别人家都换成砖瓦房了。据说她是孙金生外出办事时给忽悠过来的，以为来我们这里吃香的喝辣的，谁知道被孙金生骗了。要不是她老家是个出名的穷地方，估计也不会上当。孙金生是我们村的混混，父母早亡，也没什么兄弟姐妹，大家都说他是个又独又毒的家伙，连父母都容不下。他从小不好好念书，到处偷鸡摸狗，是远近几个村子的祸害。有了老婆后，把里外所有的活儿都推给她，一不顺眼就开打。因为经常练习，他打起人来又狠又准，杜三娘身材瘦小，身子干瘪，根本不经打，连哭声也没什么力气，不过也没见打坏，可见打人者经验老到。不过也可能与他经常外出有关，他有时候一走就是三五天，有时候是半月二十天，回来后总是一身戾气，边走边骂人，边骂边吐痰，像是刚吃过粪便似的，吓得小孩子都躲得远远的。村民们经过调研，渐渐得出结论，他干的是替人消灾的活儿，经常顶替别人进局子，怪不得整天跟阎王似的。

有一年冬天，临近年关，消失了大半个月的孙金生回来了，不过是被人抬回来的。杜三娘大清早就被砸门声震醒了，她哆哆嗦嗦地帮着把断了右腿打着石膏尚未清醒的孙金生扶到土炕上，抬担架的人啪地摔下一大沓钱扬长而去。杜三娘从来没见过那么多钱，她知道这是孙金生拿命换来的，就赶紧把钱放到孙金生枕头底下。掣回手的时候，一时没忍住，夹了几张，用塑料纸包住，藏在盛粮食的大缸底下。等孙金生醒来，她赶紧把枕头底下的钱递过去。孙金生数了数，把杜三娘大骂了一顿，只是碍于身子不便，没能揍她。杜三娘坚称自己没拿，浑身上下翻找了一遍，并说好像看到抬担架的人摸走了几张，这才躲了过去。孙金生抽出一张票子，呵斥杜三娘去镇上买些年货，并从村北头张屠户那里买了一整套猪骨头炖汤喝。杜三娘好生伺候着，也跟着喝汤，等孙金生能下地的时候，她的鞋拔子脸也变得圆润起来。

这次的替人消灾让孙金生认识到了老婆的价值，加上手生了，自此打她的次数少了，两个人慢慢有了点儿居家过日子的样子。天气暖和了，他拿出一部分钱，请村里的瓦匠翻盖了房子。杜三娘原本贫瘠苦寒的身子肥沃起来，居然有了身孕，更没有被打的理由了，邻舍们都安慰她苦日子过去了，她说着听不太懂的家乡话表示感谢，还拿出自己炒的花生瓜子给大家吃。孙金生腿好了，又开始外出接活儿。这次他竟然在外待了三个月才回来，而且活蹦乱跳的，脖子上还拴了根金链子，口袋鼓鼓的。他进村后倒是没骂骂咧咧，但眼睛像长在了脑门儿上，谁都不搭理，像是城里的恶狗不屑于跟村里的弱鸡斗。杜三娘听到消息，早就挺着肚子站在门口等他。孙金生好歹看了她一眼，嫌弃道："跟个蝈蝈儿似的。"说着，便梗着脖子进了屋。杜三娘瞅着他的金链子，摸着自己的肚子，小心翼翼地开口："孩子他爹，家里没钱了，孩子需要营养，你这次肯定挣大钱了吧？"孙金生哼了一声，从兜儿里掏出个皮夹子，抽出几张拍在灶台上说："拿着买点儿好吃的，别亏待了我儿子！"杜三娘赶紧摸过来攥在手里，连声答应着。

待了一会儿，孙金生就往外走，"家里怎么这么臭！熏死人！我还有事，这两天不回来了！"杜三娘上前拦着说：

"孩子他爹，地里活儿我也干不了了，咱们请人帮忙干得付工钱，你能不能再留点儿钱？"孙金生一听就火了说："干不了不干！雇个屁！"说完就摔门而去。杜三娘打听着他去了镇上的王寡妇家里。王寡妇在家里支了牌局，其实就是赌局，一开始肯定让你赢几把，还开着小商店，好烟好酒摆着，只要进去了，不把钱榨干是走不了的。杜三娘提心吊胆了好几天，果然又开始挨打了，她紧紧护着肚子，最终还是被打出了血。

孙金生逼着杜三娘把那几张票子交出来，叫嚷着要去王寡妇家把钱赢回来。杜三娘说这一阵家里东缺西缺，那点儿钱已经买东西花完了，结果又被揪着头发打了一顿，连头皮都拽下来。邻居们听到她的惨叫，想去劝说，没想到孙金生把门下了死闩，大家都进不去，只能在外面叹息。孙金生打累了，灌了瓶老白干，往床上一挺，就昏睡过去了。

接连几天，大家都没看到孙金生出门，也没见到杜三娘。又过了两天，杜三娘把门打开，脸是苍白的，肚子瘪了下去，裤子上血迹斑斑。大家凑上去，她哆哆嗦嗦地指着屋里，"醉死了，他醉死了。"胆大的张屠户进去一看，孙金生躺在炕上，早就硬了，面相吓人。屋子里难闻得很，血腥味，酒味，还有农药味混在一起。杜三娘拿出几张票子，跪下去，请人帮忙料理后事。张屠户见她可怜，就接了钱，找了块板子，吆喝几个人抬了出去。事后虽然有人怀疑孙金生的死，不过也没人追究。他连自己的儿子都打死了，杀人偿命也是应该的。

杜三娘成了寡妇，又没了儿子作指望，左邻右舍都送了点儿鸡蛋米面给她，鼓励她活下去。她点点头，一一道谢。她从张屠户那里买了一套猪骨头，炖汤喝了半个月，逐渐精神起来。镇上赶集的时候，她买来一头小花猪，一只红冠子大公鸡和几只下蛋母鸡，外加一条小土狗，院子里就热闹起来。

过了几年，张屠户的老婆得病死了，大家撮合他俩搭伙儿过日子。一开始杜三娘不同意，觉得一个人过得很舒服，张屠户前后共送了十个大猪头外加十套猪骨头才打开了局面……

大 爷 爷

在我小时候，我们村"五服之内为亲"的观念还很浓厚，五服就是家族的五代。婚丧嫁娶这些事，五服之内的人都要参加。亲属关系超过五代，就没那么亲了，算是出五服了。我们家所处的五服关系中，最年长的一个人我叫他大爷爷。按理说，大爷爷应该是德高望重的，可是我的大爷爷却是一个很不靠谱的人，大人们提起来都会唉地叹一声。每年春节拜年，大爷爷天不亮就坐在他屋子中间那张破椅子上，接受大家新年最早的一波问候，老派点儿的会跪在地上给他磕个头，年轻点儿的说一声："大爷爷，过年好！"大爷爷频频点头，嘴里念叨着："都好，都好。"没有人知道大爷爷确切的年龄，包括他自己。他生下来的时候母亲就去世了，父亲也不知所终，他靠着本家们的接济活下来。他没有娶到老婆，自然也就没有儿孙。他住的两间小房是本家提供的，里面堆着一些黑乎乎的东西。逢年过节，本家人会孝敬他一些吃的，有不穿的旧衣服也会送给他。

据说大爷爷年轻时给地主当过长工，总是天不亮就起来干活，所以老了也起得很早，并且老是嫌天亮得慢，也嫌大家起得晚。等公鸡打鸣时，大爷爷已经在村里转悠了好几圈了。他一年到头不穿鞋，我曾怀疑他脚底板粘着一层泥灰，就像锅底那层厚厚的黑垢一样，但后来发现他的脚底不过有一层盔甲般的老茧罢了，因为我们村有好几个水塘，他喜欢去水塘那儿捉青蛙烧着吃，所以泥巴是粘不住脚的。他拽住青蛙的两条细腿，从中间撕开，扔进火堆里，很快火堆就发出奇异的香味。

对大爷爷来说，火堆就是天然流动的厨房和饭桌。他总是能找到食材扔进火堆里，也因此总会吸引小孩们跟着他分享食物。我曾跟着他吃过烤红薯、烤土豆、烤玉米、崩豆子……这些都是比较常规的素食；有些小荤腥，比如烤蚂蚱，爆豆虫，也是很香的；至于某些比较可怕的动物，只有男孩子跟着他吃。后来我读了几本武侠小说，觉得大爷爷很像丐帮帮主，领着一群小乞丐行走天下，可惜他没什么神秘的功夫。不过他的胆子大得很，手也极灵巧，几根狗尾巴草转眼就编个小兔子，几根小藤条转眼就编个小笼子，顺手送给身边的小孩当玩物。

大爷爷虽然吃遍全村，但他不会故意糟蹋，相反他扒了地瓜、土豆之后，还会仔细掩埋好窝窝，表示自己并不是贼，不过是过路的，拿点儿东西填肚子，再说也不影响地瓜、土豆继续长。加上他年纪大资格老，所以村里人都睁一只眼闭一只眼。有时他还会帮忙做些意想不到的事，比如晚上转悠时遇到黄鼠狼偷鸡，他会帮忙赶走黄鼠狼，把鸡夺下来扔进人家院子里。黄鼠狼会从鸡窝里花式偷鸡蛋，就是用毛茸茸的大尾巴贴着地面一卷一卷地往外扫鸡蛋，扫到墙角的出水口那里运出去。大爷爷从门口草垛抽些麦秸编个结实的小篮子，把截下来的鸡蛋挂在人家大门口。有一天晚上他居然跟小偷遭遇了，小偷没想到我们村长家的大门有机关，他把门槛卸下来准备钻进去的时候，门像铡刀一样落下来，卡住了他的脖子。小偷挣扎着叫了几声，眼看要被卡死，大爷爷冲上去拼命抬起门，救了小偷一命。等村长听到动静起来查看的时候，小偷已经跑了，好在没有什么损失。从那以后，小偷就不大来我们村偷东西了，连村里的狗都感激大爷爷，见了他摇头摆尾，因为小偷在偷东西之前，一般先丢一块带钩子的肉到人家院子里，狗吃肉的时候就被钩住，不能对主人发出警告，然后被拖走，要么卖掉要么杀掉。偶尔大爷爷会在自家门口捡到酒瓶子，里面当然有酒，大家怀疑是小偷报恩送给他的。

有一年春节，大爷爷居然在门口捡到一个快冻僵了的哑巴女人。这个哑巴女人穿着破棉袄，脏兮兮的，精神还有点儿不正常，不像是本地人，可能是从外省流落过来的。大爷爷表现出了应有的道德水准，把哑巴女人带到了村委大院。村长和其他干部商量了半天，也没商量出个结果，只好先把哑巴女人放在村卫生室里。大爷爷去转悠的时候，那女人忽然冲他哇哇哇说了一通，然后跟着他回了家。大爷爷算是有了伴儿，结束了光棍儿日子，二人结成了互助小组，开始了新生活。

　　大爷爷越来越像个正常的老头儿了，他穿上了鞋子，是那个女人凑合着缝的，市场上找不到任何一双鞋子能装得下大爷爷随心所欲、奇形怪状的脚。穿上鞋子走路的大爷爷有点儿怪怪的，他大概找不到脚踏实地的感觉，有点儿像腾云驾雾。他白天不大出去点火堆烧东西吃了，小孩子们觉得日子沉闷了很多；他晚上也不大出去转悠了，于是偷鸡的黄鼠狼多了起来。终于有一天，哑巴女人犯病了，她用铁锅砸烂了大爷爷家里所有能砸的东西，用剪刀剪烂了给大爷爷缝的所有鞋子，呜哩哇啦地跑了。大爷爷恢复了自由身，大家以为一切都要恢复了，包括对黄鼠狼的阻击和鸡蛋的回收，但世界上哪有什么事情能真正回头呢？大爷爷似乎对这个世界失去了兴趣，他迅速地衰弱下去，常常好几天不出门，只是躺在炕上闭着眼睛。有一年春节，大家清晨推开门，发现大爷爷坐在他那张破旧的椅子上，只剩下半口气。等大家给他拜了年，他才离去，算是又长了一岁。

配　角

　　我们这一代人，多少都沾了点儿计划生育的边儿。小时候经常看到妈妈们被一辆卡车或拖拉机集中到一起拉走，据说是去检查身体。我第一次见到妈妈夹杂在人群中被带走，以为她再也不回来了，便跟在卡车后面边跑边喊，那凄惶的感觉至今依稀记得。所幸到了傍晚，她还是回来了。不过脸色煞白，进屋后便躺在炕上，仿佛得了一场大病。后来，她过一段时间便要被集中带走一次，我也便逐渐习惯了。近邻各家的妈妈们有时在一起聊天，会透露出一些字眼，比如"结扎""上环"什么的，我模糊地知道那是什么意思，又不甚了了，只是觉得神秘兮兮。

　　那时各村都有一个妇女主任。妇女主任的主要任务就是执行计划生育政策，并惩治那些违反计划生育政策的人。对于那些一直想生一个男孩却没有生出来的家庭，妇女主任就是他们的死敌。我们家南边有户人家，为了生儿子东跑西颠，家里什么也没有，妇女主任只好带着人把他们家房子给扒了，以示惩罚……可他觉得还是赚了，因为终于得了一个儿子。我总疑心那儿子要带着很大的负担成长，但他丝毫没有什么愧疚，反倒仗着家里的宠爱，终日游手好闲，偷东摸西。

如果家里第一个孩子是女孩，还不会引起大的情绪波动。倘若能引出一个弟弟来，价值还增加了几分，女孩可以起到照顾的作用。但若接下来几个都是女孩，气氛便日益凝重。因为有了计划生育的指标，所以女孩们常常会被送到没有孩子或孩子少的亲戚家去寄养，以躲避调查。长大一些后，有的女孩知道了自己的身世，便苦恼起来，千方百计要回到原家庭里。但即使回去了，也充满了怨恨，质问为什么其他孩子可以留在家里，单单自己被抛弃。如此一来，得病的也不少，甚至有的寻了死。我上中学时有个班主任，因为自己没有孩子，便领养了一个远房亲戚的女孩。长大后知道了身世，那女孩便总是要跑回原家。女孩子长得漂亮，不肯读书，结交了一群社会小混混。往往上着课，有人慌慌张张地跑来敲教室的门，大喊一声："你闺女又跑了！"于是头发已经发白的班主任只好丢下我们，去寻他的闺女。

较之被送走的女孩子，那些得以留在家里的女孩们，可以多享家庭的温暖，但依然是常被忽视的。有些从名字上，便可以看出地位的被模糊化。比如一对女孩经常会用一对近似音的名字:"芳芳——放放""天天——田田",颇有点儿混淆视听的效果。有的干脆没具体名字,"大嫚""二嫚"地随意排列。女孩子起着掩护助攻的作用,是漫漫人生中的配角。

还有的女孩实在没有亲戚可送,就被遗弃了。不过通常家里人会事先打听临近村庄哪家孩子少或者没有女孩,然后天亮前放在那家门口,我们村好几家都是这样捡到女孩的。通常丢孩子的人家事后会通过某些隐秘的方式,把自家信息透露给收养的家庭。也因此,两家渐渐有所走动的也不少。

我有一个近亲二姐,因为只有一个儿子,所以很想要个女孩。于是在一天清晨,开开大门,发现地上有一个小花被。打开花被,里面便是一个刚出生的女孩,另外还有一块布,包着一些零钱,以及孩子出生日期时辰的小条。她于是很高兴,大声宣布自己又有了一个孩子。在孩子满月的时候,大家还去她家吃了面。我那时觉得这个女孩真是好福气,因为这个二姐为人极其柔和谦卑,乐善好施,深得邻里大家的称赞。女孩看似被遗弃了,可是到了这个家里,绝对是受到了恩宠,连小哥哥也常爱怜地抱着她,把好吃的省下给她。有时二姐抱着她到我们家玩,我写完作业也会抱抱她。听说她原家是很穷苦的,亲生妈妈还是个盲人。她来到二姐家，命运可以说发生了转折。我那时因为这个女孩，对于人生似乎多了一些思考，觉得有些事也要多角度地去看。但时间一长，大家都开始讨厌起这个女孩来，除了二姐还能包容。因为她脾气极坏，一不如意就拼命地哭闹起来，一哭闹就没完没了，脸色一发紫就闭过气儿去，需得赶紧用力拍打揉搓才能缓过来。她还很自私，要霸占所有好吃好用的。长了不几岁，脸上麻子越来越多，脸也越来越长，麻子于是更多。到了上学年龄，她也随着大家一起去上学，可是不肯好好读书，读着读着就辍学了，整天待在家里看电视吃东西，也不肯下地干活。二姐为这个孩子吃了不少苦，我于是很同情她，有时想她还不如没有这个孩子呢。难得她爱心总超过这个孩子带给她的苦楚，每次见面都依然开朗地笑，言谈间总感恩多了个孩子，最多叹口气："她还是个孩子，我也说她，可是有时候说多了也不听，大了兴许就好了。"我为她抱不平："说不听，就打呀！"她笑笑："你也知道，从小还没等打呢，早就哭没气了！我当初只想得个女孩，既然得了，别的就不多要求了。"我于是觉得生养孩子是件偶然性极大的事，就像摸牌，很难说摸到哪一张。多年以后，我听说这女孩嫁人了，还有了孩子，似乎逢年过节也知道回家孝敬二姐了。

但遇到像二姐这样的养母，机会总归是少的。相比之下，樱花和桃枝就没有这么幸运了。樱花和桃枝是同一天清晨各自裹着花被放在我们村的，不过一个村北一个村南。相同的命运，使得她俩后来成了好朋友。樱花的养母自从得了樱花之后，便像得了一个有力的道具。每逢赶集，便抱着樱花去集上卖吃的地方转悠。每到一家，拿起一点儿，装作给樱花尝尝："给孩子尝尝，好吃就买点！"但其实樱花没尝到多少，东西就被养母吃了。集市很大，一圈下来，养母就尝饱了。等到樱花能自己下地跑了，便和养母一唱一和地去尝集市。若遇到不让尝的，那可就算捅了马蜂窝，一老一少堵住摊位轮番骂阵，保管让摊主损失惨重。时间长了，摊主们都自认倒霉，还不如清清静静地让她们尝尝。有的摊主为了息事宁人，还送她们一点儿，这样她们很快就走了。如果你非要让她们买，养母装模作样挑肥拣瘦的时候，樱花便手脚麻利地边吃边偷。等偷吃得差不多了，养母便说："算啦，你这东西不行，不买了！"于是拉起口袋鼓鼓的樱花就走。跟着养母，樱花很快就练成了一副好身手，并且青出于蓝而胜于蓝。养母不让樱花上学，反正樱花去了也不学习，纯属浪费时间。她们遍访周围村庄，吃遍各个集市，颇有点儿师徒伴行闯天下的味道。樱花长到十几岁，似乎加入了某个组织，不再跟着养母小打小闹了，有时候一出去就是好多天，等回来的时候，大包小包，威风得很。自从有了樱花，养母一家似乎时来运转，过上了富裕日子。养母跟人聊天的时候，若是频频抬起手捋头发，那一定是手上戴上了金戒指，或者手腕上戴上了玉镯子；若是一边聊天一边跺脚，那多半是又换了新鞋子。就连养父这个一直被养母骂的窝囊废，也趾高气扬起来。有一年春节，下了大雪，天气特别冷。正月初一大家在街头上互相拜年，人人穿着大厚棉袄，樱花的养父却只穿着一件扎在腰里的薄衣服站在寒风里。我正奇怪他为什么不冷，旁边的人告诉我："你看他腰间。"原来他腰里挂着一个BP机。在手机流行之前的一段时间，是BP机的天下。那时若有人腰里挂着一个，便是身份和财富的象征，通常只有大老板才挂得起，简直就像挂了一块金砖在腰里。不过，BP机很快就被淘汰了，短命得简直不像话。那天樱花的养父一边脸色发青，一边掐着腰站在风中，顽强地暗示着人们，让我觉得既愚蠢又惨烈。那块金砖也许是樱花以某种或明或暗的方式，从某个大老板的腰间取来的。不管怎么样，樱花是有孝心的，我于是又有点儿不忍。

桃枝后来跟樱花一起闯天下去了。桃枝没有养母，只有养父。桃枝刚被养父抱回家的时候，还有一个养奶奶。养奶奶没几年就去世了，桃枝便跟养父生活在一起。桃枝的养父是个老光棍儿，平时喜欢插科打诨，说些不三不四的话。桃枝家里养了很多动物，猫、狗、猪、牛、羊什么的一大群，大家吃住在一起，所以桃枝出来玩的时候，身上有各种奇怪的味道。桃枝的头发又黑又长，像乱麻绳一样团着，味道不但浓郁，还充满了生机。如果凑近看，会发现她的头发里爬满了虱子，有时候虱子会顺着头发爬到她的脸上。如果你见到蚂蚁上树的情形，你多少会知道桃枝为什么总在挠痒。但桃枝有一双很大的眼睛，一张小巧的嘴巴，开口一笑，就像一朵桃花开了。妇女主任有时候在街上看见桃枝，就拉起桃枝的手，把她领回家，给她洗洗澡换换衣服理理发，偶尔还用敌敌畏给她洗头杀虱子。有一天，妇女主任跑到桃枝家里，跟桃枝的养父大大地吵了一架，威胁说要把桃枝送给别的人家。大家都围着去看，桃枝的养父瞪着眼大吼："桃枝是我的！我养了她这么多年，谁也别想带她走！"桃枝终于还是跟着她养父继续生活，直到有一天樱花去她家，把她带走了。她一走就是一个月，养父去樱花家里大闹，说要告樱花家拐卖人口。正闹得不可开交的时候，桃枝和樱花回来了。桃枝就像变了一个人，嘴唇通红，眼圈又黑又大，就像抹了一圈炉灰。桃枝的养父被吓住了，不敢认她。桃枝伸出一只手，那手指甲也是通红的，手指上套着好几个金灿灿的紧箍咒。桃枝的手里是一个崭新的皮包，鼓鼓囊囊的，她把皮包扔给养父，满不在乎地说："这是我欠你的，咱们两清了。"据说那皮包里都是钱，具体不知道多少，但买桃枝那些年吃的窝头肯定是够了。从那以后，桃枝就跟她养父分开了。再后来，她在镇上开了一个洗浴房，生意兴隆。我还是通过桃枝远近闻名的洗浴房，知道洗澡原来都可以成为一门生意，但家里大人们提起洗浴房，似乎都深恶痛绝。不过这并不能阻止洗澡业迅速蔓延，桃枝似乎开了风气，很快镇上出现了七八家洗浴房。等我出去上学后才发现，全国人民好像都热衷于洗澡。大街小巷的霓虹灯一闪一闪，反复告诉人们洗澡的重要性，好像一天不洗澡你就会难受得要死一样。

　　樱花后来厌倦了闯荡江湖，傍着桃枝的洗浴房开了间发廊，也做起了女老板，据说也是生意兴隆。可惜一个人只有一个头，如果人人像九头鸟一样，大概樱花的生意会更加火爆。无论如何，樱花和桃枝一度算得上是我们那里的名人了，进进出出，披金挂银，举止气派得很。本以为澡会一直洗下去，发会一直理下去，谁知道一阵风刮来，如此重要的洗浴房和发廊，转眼就败落了。大家正感叹的时候，樱花和桃枝收拾收拾皮包，坐上车不知道去了哪里。张老太的儿子据说曾去洗过澡，也理过发，站在街头一脸遗憾地说："没了樱花和桃枝，这日子还活得有什么劲儿！不过你们不用着急，她俩这些年挣的钱得有座金山那么大了。人家是出去考察考察干什么能挣钱了，过一阵儿，准回来再开个新铺面！"

花脖子一家

花脖子是我的小学同学。他因为脖子生癣，变得斑斑驳驳，所以大家都叫他花脖子。花脖子个子比较高，所以通常坐在教室后面。不过老是坐在教室后面，也多少暗示出他在学习上的自甘落后。在花脖子甘当差生的那些日子里，我不幸做了他的对头，因为老师任命我做了班长。

我当然感谢老师的信任，今天我处理一些小事比较有大局意识，与我漫长的班长生涯不无关系。不过以我今日之自由散漫，几乎不能理解那时的我，居然活得那么方正周全。我犹记得每天最后一节自习课，常常拿着一根教鞭，在班级里巡视，代替老师行使管理的职责。因为有了花脖子，那根教鞭便常常会落到实处。他似乎故意跟我作对，在我维持秩序的时候大声说话，我冲过去的时候，分明看到他眼里的得意。这还不是过分的，有一天上数学课，他故意捣乱，中年发胖的数学老师火冒三丈，像一辆坦克从讲台上压下来。眼看数学老师压到了跟前，他灵巧地一躲，在教室里绕起圈子来。于是，我们那节课用了至少十分钟，观摩他和数学老师的追逐。后来为了班级集体利益，我果断出手拦住了他的去路。小学期间，几乎所有的老师都体罚过他。事实上，他妈妈经常跑到学校，恳求老师狠狠揍他。

花脖子的书本号称"油饼"，上面沾满了各种莫名其妙的污垢。而且这块油饼一天天慢慢变薄，等到期末的时候，油饼也没了。老师问他："你的书本呢？"同桌替他回答："当手抓油饼吃啦！"于是大家都笑起来。老师照例敲敲他，他也照例躲一躲。每次考试过后，他很坦然地面对卷子上那颗饱含阅卷老师义愤的红皮大鸭蛋，似乎觉得实至名归。不过考试那天早晨，他也跟大家一样，要求吃一根油条和两个鸡蛋，就像旧时考生考前拜拜孔夫子一样。

说到鸡蛋，花脖子当然是很熟悉的。有一阵子，他妈总疑心邻居家偷了他们家的鸡蛋。花脖子的大哥那时到了结婚年龄，他妈不舍得吃鸡蛋，把鸡蛋攒起来拿到集市上去卖钱，准备再盖个新房子。花脖子为了吃鸡蛋，就跟他妈斗智斗勇。通常母鸡要下蛋的时候，会咯咯咯地四下跑一阵儿。我猜想有可能是为了炫耀，也有可能是身体憋闷难受。跑一阵儿之后，它会找个地方蹲下来，安静地产它的蛋。花脖子大概掌握了他们家那几只鸡的下蛋时间和地点，所以蛋一出来，便抢在他妈之前得手。时间紧迫，容不得煮熟了吃，于是他便发明了喝生鸡蛋的养生法。有一次我遇见他刚偷了鸡蛋，便有机会现场观摩。刚得手的蛋是热乎乎的，带着母鸡的体温。他熟练地把蛋举起来，先放在眼角处擦了擦，据说这样可以明目。然后轻轻地磕破一个角，扬起头，放到嘴边，刺溜刺溜就下了肚。我看得皱起眉头来，他连忙说这样对身体可有好处呢。自从被他妈发现打了一顿后，花脖子就不大敢偷自家的鸡蛋喝了。那时村里各家的大门常常开着，有些母鸡不一定把蛋下在自家院子里，于是花脖子开始在街上跟踪母鸡，捡拾那些散落在街头草垛或墙角草丛里的鸡蛋。

花脖子弟兄三个，老大是出名的笨蛋。小学老师教他念"我"，他就念"你"。"我——你""我——尔"，没办法，为了让他念"我"，老师只好教他念"你"。于是，他得了个绰号叫"一根筋"。老二倒是比较精明，但也不肯读书，学了泥瓦匠的手艺，经常利用农闲外出挣点儿活钱。眼看老大到了娶亲的年龄，他外出挣钱的频次也多了。因为老大如果不娶亲，家里也不会考虑他的亲事。"一根筋"长得粗粗壮壮，打眼一看还可以，但媒婆给他介绍对象时，双方见了面，他一开口就黄了。相亲无望，他们家只好花一大笔钱从四川买了一个媳妇儿。我小时候以为四川人都是靠卖女儿讨生活的，因为我们方圆几个村里有不少老光棍儿都是花钱买个四川媳妇儿。工作后第一次去成都开会，我发现四川人过得极其滋润光鲜，不禁大吃一惊。出租车司机告诉我，收工后要赶紧回家做饭给老婆吃。我问他老婆干什么工作？他说老婆每天在朋友家打牌。他自豪地说自己做饭很好吃，这才娶到了老婆，并进一步解释说如果一个男人没有好的厨艺，娶老婆是没有竞争力的。我心下一阵茫然，正准备请教四川媳妇儿的事，他老婆打来电话，把他训了一顿，质问他为何还没回家做饭，他唯唯诺诺地赔罪，我只好闭上嘴。

　　村里的四川媳妇儿一般都比较瘦小，嫁过来的时候也很淡定，不哭不闹。通常婚礼都很低调，没有宴请，也没有鞭炮声，等到大家知道的时候，都是结婚好几天的事了。不过四川媳妇儿大都不牢靠，结婚不久常有逃走的，据说是"放鹞子"的。所谓"放鹞子"，大意就是四川媳妇儿假意嫁过来，待上一段时间，找个机会脱身，跟某个等在外面的人会合跑掉，再去找下家。这是一本万利的买卖，因为买卖人口本来就是不合法的，买家看不住人，不敢报警，钱白搭进去也是活该。我们村的老光棍儿被放了好几次鹞子之后，变得谨慎了些。据说有一天，村东一家买来的四川媳妇儿竟然就是一年前村西某家跑掉的，大家纷纷去看，边看边指指点点，而那四川媳妇儿也不以为意。村东家加强了戒备，但道高一尺魔高一丈，一年后还是被她钻空子跑了。

"一根筋"买来的四川媳妇儿，倒是没有跑掉。一年过去了，她没有露出任何要跑的迹象，还随着下地干活，于是大家都称赞"一根筋"有办法，降得住。一年半过去了，她有一天居然大腹便便地站在门口晒太阳。村里轰动了，要知道这还是第一个愿意落地生根的四川媳妇儿呢。"一根筋"似乎为全村的老光棍儿赢得了声誉，甚至为我们整个村赢得了声誉。但忽然有一天，"一根筋"拿着刀在衖上追杀老二。邻居二哥是个包打听，人送外号"无线电"。只要村里有个风吹草动，很快他便可以知晓。果然，当晚邻居二哥便发布最新可靠消息，原来老二鹊巢鸠占！大家于是被这爆炸性的新闻惊呆了，村子里好几天都在热烈讨论这件事。不过新闻总是很快变成旧闻，因为有更新的新闻出现了。邻居二哥忙得脚不沾地，天天跑到花脖子家打探消息。戎长大后才知道，邻居二哥是个多么杰出的人才，他那种对事情的敏感度和对真实的渴求度，如果得到恰如其分的发挥，成就一定是不可限量的。我有一天放学后亲眼看到，因为花脖子家大门紧闭，他无法进入，只好踮起脚尖，耳朵紧贴在花脖子家的墙上，艰难地辨认院子里的嘈杂声音。

功夫不负有心人。两天后，邻居二哥面对聚在他家的一群热心此事的人，郑重宣布："一根筋"出于家族利益，做出了让步，不再追究老二偷吃偷占一事；老二出于家族利益，也做出让步，以后不再偷吃偷占。大家纷纷点点头，说着"肉烂在锅里"之类的话，心满意足地散了，毕竟娶四川媳妇儿是一大笔钱哪。于是，几个月后，那四川媳妇儿顺利生下了一个大胖儿子。"一根筋"照例分送红皮鸡蛋，大家也照例回礼，说着祝贺的话。

满月之后，四川媳妇儿抱着儿子出来，大家纷纷上前围观，似乎要辨认出什么，人人神态间都有了一点儿包公断案的气质。四川媳妇儿处在旋涡的中心，不为所动，我不禁佩服她的气定神闲，是一般人难以达到的超然境界。但谁能想到，她风平浪静的下面，依然不断酝酿着阴谋呢。又过了一个月，正当大家开始转移话题时，她突然又回到了新闻的中心。花脖子全家出动，往周围的村子里搜寻。这次她不但自己跑了，连新生的儿子也卷走了！为了抓捕她，花脖子家甚至拿重金去后街的老瞎子家，算算她逃跑的方向和位置。老瞎子收下卦金，郑重其事地算了好几个时辰，说是往东南方向跑了。东南方向是镇上汽车站的方向，等到花脖子全家跑过去，最晚的一班车也开走了。花脖子的妈妈放声大哭，主要是哭她的大胖孙子。为了孙子，她可是天天煮鸡蛋给那四川媳妇儿吃啊！为了孙子，月子里她给那四川媳妇儿煮了三只金贵的老母鸡啊！

那逃走的四川媳妇儿也成了全村的公敌。大家纷纷去安慰花脖子的妈妈，说只要看到那四川媳妇儿的影儿，一定帮忙给揪回来。有些人注定是不平凡的，到了年底，那四川媳妇儿竟然抱着孩子回来了。邻居二哥带着大家的重托，千方百计挤进花脖子家，花了整整一天的时间，终于搞清楚了事情的来龙去脉。原来花脖子的二哥在出事之后，四处打探哪家新娶了四川媳妇儿，终于在临县某村找到了她。她当时刚刚嫁给一个五十多岁的老光棍儿，花脖子二哥晓之以理动之以情，终于成功说服了她。

　　这个爆炸性新闻的魅力，甚至掩盖了过年的鞭炮声。过完年，花脖子二哥便和那四川媳妇儿以及他们的儿子搬进了早先为"一根筋"准备的新房。这件事再次证明了至少在我们村里，家族利益大过个人利益。"一根筋"作为大哥，选择隐忍退让责无旁贷。但从此，他老光棍儿的身份变得晦暗不明——就像一个喝过一碗粥的穷汉，便不能说自己从没吃过饭。但他从此更加"一根筋"了，甚至有些痴痴呆呆起来。于是大家渐渐不再追究了，那四川媳妇儿也真正安心生活下来了。

　　不得不承认，那四川媳妇儿是很能干的，里里外外是把好手，很快成了花脖子一家的主心骨。在大多数人靠种地吃饭的时候，她凭借自己多年闯荡江湖的经验，鼓动花脖子二哥买了一辆二手车，出门做起了生意。不到几年，花脖子家便发达了。他们盖起了崭新的大瓦房，上梁那天宴请了全村的人，"一根筋"也得以住进了原本属于他的房子里。花脖子也不再读书了，跟着二哥二嫂走南闯北做生意。难得过年的时候在街上遇到他，他大大方方地喊我一声"班长好"，倒显得我过去落在他身上的那些教鞭，颇有些不厚道了。

前几年我回老家，听说花脖子早就当上了三爷爷，连他自己也都快当爷爷了。那四川媳妇儿有时回娘家去，穿金戴银，吸引娘家人也来我们村，慢慢竟然走动起亲戚来。这在以往那些冰冷粗暴的买卖关系中简直是不可想象的，所以她算得上是一个王昭君式的大人物了。

傻 子 小 强

自打我记事起，小强就是个傻子。周围的人，无论多大，见了他，都叫他小强，哪怕是三岁小儿。在我已经有些模糊的记忆中，小强个子挺高，背有点儿驼，走起路来一拱一拱的。一年到头，他的鼻子总是一抽一抽的，仿佛有个鼻涕罐子长在眼睛下面嘴巴上面。舌头似乎短了半截儿，说的话这一片那一块的，总是连贯不起来。别人一欺负他，他就乌拉乌拉地说一大堆，舌头似乎更短了，脸也涨红了，像是关公的半拉子本家。

在我印象中，小强似乎一直把我们家当成他的第二个家。每天吃完早饭，如果不去村里的林业队干活，他就一直待在我们家里。我们吃饭的时候，他也回家去吃饭，吃完饭又立刻回来。我和弟弟做作业的时候，他就在我们家坐着，等我们收拾完书包，他就凑过来一起玩。夜深了，我妈提醒他："小强，该回家睡觉了。"他才起身走了。时间一长，我们似乎都接受他了，哪天没见他，大家都会问："小强呢？今天怎么没来？"

小强到我们家来，一开始是因为我妈。村里把他分到林业队干活，别人都欺负他，只有同在林业队干活的我妈为他出头。他惹了祸，我妈也会出面劝解："算了吧，他是个傻子，别跟他计较。"小强于是对我妈言听计从，甚至他妈说了都不听的事，只要我妈一跟他说，他立刻就顺从。他对我和我弟也很顺从，我们俩有什么事，一招呼他，他立马跟上，一派忠心耿耿的样子。他舌头不灵光，但耳朵没问题，眼神也挺好。据说他是小时候生病，吃错了药，才有点儿傻的。

村子南头有条公路，过了公路走大约五分钟，便会看见一大片果园，那是林业队负责的地盘之一。春天的时候，果园是个大花园。杏树、梨树、桃树、苹果树，铆足了劲儿比赛开花，引来成群嗡嗡的蜜蜂。每棵树就是一大束花，等花落的时候，地上一大圈一大圈的各色花瓣。树可没有时间叹息花落，因为它们接着去忙结果子了。果子由小变大的过程，也是熊孩子们欲望不断滋长的过程。每到夏天和秋天，看管果园的任务就非常艰巨。矮小粗笨的老姜头，气得脸通红，一天到晚地咒骂。他拿着棍子去打一个男孩，其他男孩就从果园的木门翻进去，边吃边偷边糟蹋。小强也拿着棍子，在果园里愤怒地追打。那些调皮捣蛋鬼们像泥鳅一样钻来钻去，兴致勃勃地采用声东击西的办法捉弄小强。他们把树上的果子当手榴弹，每当手榴弹在小强身上开了花，他们便哈哈大笑："傻子小强！傻子小强！"等果园里安静下来，地上一片狼藉，果树们就像经了一场十级大风。

苹果树最有大将之风，不急不躁。深秋之时，别的果树都退场了，它的演出才真正开始。经历了漫长的风吹日晒，每个果子都站稳了自己的位置，红的艳丽，黄的明媚。有的独自霸占着一根枝条，有的抱团挤在一个枝头。一入秋，林业队的大人们便开始编柳条筐子。先盘一个筐底，然后一层一层往上编，纵横交错。柳条虽然硬，但大人们总有办法，让它最后变成一个结实漂亮的大筐子。柳条筐子编好了，就到了摘苹果的日子。我那时只要没事，就去果园帮忙摘苹果。小强负责把柳条筐子拖到苹果树下，他一边拖一边唱，傻傻地笑，谁也不知道他唱的是什么。他有时会跟筐子们说话，大手一挥，发出隐晦的指令，有一种沙场秋点兵的豪气。等到筐子各就各位后，大家便开始摘。摘的时候，按照大小质量分成不同的等级，放在不同的筐子里，预备将来按级别出售。

摘果子的喜悦，是无与伦比的。长大以后，我有时还会梦到站在树上，伸长胳膊去摘果子，第二天醒来，仿佛一身果香。第一次读到《雅歌》，里面说"我的良人在男子中，如同苹果树在树林中，我欢欢喜喜坐在他的荫下，尝他果子的滋味，觉得甘甜"。我大为感动，觉得真是遇到了知音。"玉树临风"，如果不是苹果树，在我看来也算不了什么。

等把装满苹果的柳条筐子一个个运回果园中间的屋子里存储时，摘果子才算结束。想想吧，冬天的夜晚，饱满结实的柳条筐子沿着墙边一排排站好，苹果们安稳地睡在筐子里，呼出甜蜜的芬芳，那是任何化妆品的香气都比不上的。宽大的屋子一头，是一个宽大的火炕，能同时盘腿坐十几个人。火炕连着下面的灶台，炉灶里塞着晒干的果树枝，噼噼啪啪地燃烧着，映红了灶台前的一大片地方。滚烫的灶灰下面，埋着肥大的红薯，发出神秘诱人的香气。十二人口的大锅热气腾腾，锅里煮着一套猪下货或是其他美食。大人们辛苦了一年，坐在火炕上打牌聊天，等着享受劳动成果。几个父母在林业队干活的孩子们在屋子里欢快地奔跑，或者站在锅边等着自己的美味。小强也跟着我们跑来跑去，鼻子下挂着鼻涕。有人喊："小强，鼻涕要过河了！"他就抡起棉袄袖子一擦，拦住流到嘴边的鼻涕，继续跑。因为鼻涕来来回回地摩擦，小强的鼻子下面总是有两道红红的印子，像是两条红色的河道。有人问他："小强，你是鼻涕鬼托生的吧?"他听懂了，瞪着眼，生气地低吼一声。

天寒地冻的时候，果园冬眠了，但果园里仍有可玩之处。果园里有一种常见的毛毛虫，平时钻进果子或枝干里饱餐，冬天到来之前，产下虫卵，外面用一个小小的碗状的硬壳紧紧扣在树皮上。那小虫在壳里暖暖和和地长大，准备来年春天爬出来过神仙日子，但其中不少熬不过冬天——因为它们成了我们的美食。我带着小强和其他几个小孩，每个人手里拿着螺丝刀一类的工具，把那做美梦的小虫连壳一并从树皮上撬下来。因为树多虫多，半天便可以收集一塑料袋子。小强很卖力，特别是高处的虫子，我们都要仰仗他。"小强，这儿！""小强，这儿！"小强因为有了价值，兴奋得脸都红了。把虫子拿回家，放在蜂窝煤炉子盖儿上，翻来覆去烤几下，便听见啪的一声爆裂，小虫从壳里蹦出来，再稍微烤一下，等到小虫身子弯曲颜色变黄便大功告成了。趁热抓起放在嘴里，轻轻一嚼，酥脆油香，妙不可言。大家围着炉子，咋咋呼呼，机会均等，轮流品尝，含笑点头，心有灵犀。有了美味小虫，漫长的冬天也不那么难熬了。

　　小强除了跟着大家吃小虫，冬天里他还喜欢吃白菜帮子。大白菜是以前北方冬天最常见的菜，浑身都是宝，有"百菜不如白菜"的美誉。家家户户都会种白菜，等到下了霜，一棵棵粗壮结实的大白菜便从地里被拔起来，存放进早已挖好的土坑里，帮着千家万户越冬。白菜吃法多样，可炒，可炖，脆嫩的白菜心还可以凉拌。白菜猪肉馅水饺是过年必不可少的美食。就是那看起来没用的白菜根儿，用各种调料腌一腌，也是口感极好的小菜。我每逢拔白菜，总替白菜抱不平。小学课本上一年年光说拔萝卜，这可能是站在小白兔的立场。小白兔占据了小学语文课本很重要的领地，让我疑心编课本的人都是属兔子的。但编课本的人也许不知道，小白兔不仅爱吃萝卜，也爱吃白菜帮子。

因为储量丰富，白菜那些外层的老帮子通常会被剥掉，丢给猪鸭鹅吃。家里屋子墙角会堆几棵白菜，便于临时吃。小强吃的便是那些老帮子，他边吃边剥，剥到嫩处便不肯剥了，于是再换一棵白菜。冬天的夜晚，因为天气清冷，小强默默吃白菜帮子的声音，听起来格外清脆。我劝他："小强，我们家有的是白菜，你不要吃那些老帮子！"他只是笑，边笑边吃。白菜帮子好像是他漫漫冬夜里的小零食，可以磨牙，也可以消磨时间。白菜帮子还有汁水，于是他连喝水的问题都解决了。

小强有一阵儿特别能吃，总是饿。有一天，他妈气急败坏地出来说："刚包好的一锅包子，还没来得及蒸，搁在灶台上。我出去拿柴火，准备回来烧火。没想到小强从外面回来，像个饿佬儿。我抱着柴火回到屋，一看包子全没了！他正往外跑，我把他喊回来，问他包子呢？他指指肚子，说全吃了！我的天哪，那可都是生包子哪！"

小强虽然饿，虽然能吃，但他从来不在我们家吃饭。我妈一让他吃，他就指指我和我弟——意思是要把饭省给我俩吃。我有时看他眼馋，给他留点儿好吃的，并私下里坚决塞给他，他也就接受了。他一边吃，一边嗯嗯地点头称赞，张开两只大手捧着，舍不得掉一点儿碎渣渣。他右手的大拇指像个巨大的豆瓣儿一样裂开，一个瓣儿大一个瓣儿小，看上去像一对母子。因为这个，小强有时被骂作六指怪物。一旦被视为怪物，总是多了几分危险。我那时听说我们邻村一个女人生下来三胞胎，一个白脸一个红脸一个黑脸，且一生下来就都长着牙齿。那女人月子里不但没有鸡蛋吃没有鸡汤喝，还天天挨打。更不幸的是，她拼命保护的三个孩子不久便被扔掉了，她自己也成了疯子。我对此颇为气愤，觉得那家人真是蠢。他们难道没有想到，那三个孩子将来可能成为刘关张式的大人物吗？

小强没有因为他的六指被扔掉，我于是觉得他妈还是很了不起的。小强的两只手很灵巧，修理东西很在行，似乎那个特别的小拇指就是溢出来的灵感。有时我们家某个东西坏了，他会不厌其烦地修，直到修好。时间一长，邻居家有东西坏了，也会跑到我们家来借用小强。小强这时候总是很开心，出出进进，俨然专业人士。小强也有力气，需要抬什么重物的时候，大家都会喊他搭把手。小强会主动担任最重的一头，于是常常满头大汗。要给他什么礼物，他急忙摆摆手走了。每逢这时，大家都会感叹："小强这个傻子，还真不错呢。"

有一阵子，小强很认真地陪我和弟弟写作业。他似乎被那些方块字迷住了，我们一边写，他一边用手比画，嘴里还嗯嗯地发声，似乎在给自己加油。他是个傻子，自然上不了学，不过我看他认真的样子，就问他："小强，你也想写字吗？"他使劲儿地点点头。我跟他说："如果你想学，我可以教你。"他一下子露出欣喜的神情，然后就跑了。不一会儿，他手里拿着一个本子，匆匆跑回来，原来是去小卖部买本子了。我给他本子封皮上写上"小强"两个字，并教他念，他含混不清却充满渴望地跟着念，一边念一边用手抚摩那两个字。我又教他写，他学得很慢，但终于学会了，于是他开心地大笑起来，拿着本子又跑了，一边跑一边喊："小强！小强！"

接下来的一段日子，我每天会教他几个简单的数字和汉字，他对我日益尊敬起来，把我看成是他的老师。有一天他拿出一个本子，我吃了一惊，原来他每天回家还写作业。虽然歪歪扭扭，但是一个字写一行，真是下了功夫。我被他感动了，拍拍他的肩膀："你是个好学生，只要你肯学，我就教你。"过了几天，他有点儿害羞地拿出一个新本子，双手递给我。我一看，本子封皮竟然写着我的学名。我问他："你怎么会写我的名字?"他指指我的作业本封皮，原来是暗暗学会的。他含混不清地说："老师，送给你，学习，学习。"我收下了，他便露出高兴的样子，呵呵地傻笑。

自从小强会写字以后，他一有空就坐在那里写，写了一本又一本，有时写得很快，龙飞凤舞。我瞥了一眼，发现很多根本不是字，只是一些横杠竖杠斜杠。我问他："小强，你写的什么呀?"他有点儿不好意思，指指自己的胸口。我有些心酸，这可怜的傻子，满心的话，却不知道怎么写。但他埋头写的时候，似乎又知道怎么写他的心里话。他有时是兴高采烈的，一张纸上，嚓嚓嚓只画了几道，便赶紧翻页，又嚓嚓嚓画几道。一个本子不一会儿就画没了，他郑重地收好，又拿起另一本继续画。有时他也不高兴，胳膊高高地抬起来，重重地落下，像是砸下一把大锤子，嘴巴里还气愤地哼哼，一个本子画不了几次就戳透了。那些笔画只有他自己知道是什么意思，他似乎创造了一种新的文字，勾画他自己的世界。

如果不是小强开始迷恋娶媳妇儿，我几乎忘了他还是个男的。那时村里娶媳妇儿，一般都要放鞭炮撒喜糖，小孩子扎堆围观抢喜糖。伴随着噼里啪啦的鞭炮声，新媳妇儿进了大门。她被人簇拥着进里屋上了炕，坐在一堆鲜红的大棉被中间，像是坐在一堆红云之上。炕下和窗外挤满了人，大家肆无忌惮地盯着新媳妇儿，交头接耳地品评她的相貌衣着服饰，数算她的大红被的数量。如果她的大红被又厚又多，说明她的嫁妆丰厚，她就会得到比较高的评价，反之就会被轻视。有的新媳妇儿脸皮薄，众目睽睽之下很快就招架不住了，脸比大红被还要红，头恨不能藏进大红被里。小孩子一般不关心大红被，主要关心分发喜糖。等新媳妇儿在炕上坐定了，便会有一个人拿着一大袋子喜糖，站在一个高凳子上，大声说几句喜庆的话，然后抓起一大把四下一扬。小孩子们应声而动，伸出手去抢，有的跳起来直接抓住了糖，有的看着糖落了地，便扑倒压在身下，还有的去别人手里硬抢，引发一阵混战。

小强一开始跟着大家一起去抢糖，不知从什么时候起，他对糖不感兴趣了，只是抽着鼻涕去看新媳妇儿。看着看着，他傻笑起来，含含糊糊地叫："新、新、媳妇儿！"还一个劲儿往炕上蹭，伸手去抓新媳妇儿。新媳妇儿吓得叫起来，大家就把小强打出去。新媳妇儿看多了，小强有一天在家里哭闹起来，跟他妈要新媳妇儿，结果被他妈狠狠地打了一顿。但从此他有点儿糊涂起来，在街上看见个大姑娘便上前叫"新媳妇儿"，惹得大姑娘们对他又恨又怕。他妈有一阵子打算给他换亲。所谓换亲，就是两家用女儿交叉互嫁的方式，解决双方儿子娶亲的难题。这种事，通常都是儿子有毛病或者年龄太大，按正常娶不了亲。说到底，就是牺牲女儿成全儿子。我们村有几个老光棍儿，都是通过妹妹换亲才娶上了媳妇。我一个本家堂姐，嫁给邻村一个患羊角风的男人，给她三十多岁的哥哥换来一个很能干的小媳妇儿。每次那个堂姐回来，都要哭上一阵子。如果好几天不回去，那个羊角风男人就会来把她拖走。我有一次看到他们拉拉扯扯之间，那人突然摔倒在地，口吐白沫。人命关天，吓得大家赶紧一拥而上。还好有个老太太见多识广，伸出黢黑的长指甲，猛掐那人鼻子下面，直到掐出了血，那人方才睁开眼。从那以后，堂姐就不敢在家逗留时间长了。

但小强的换亲最终没有成功。其中一个原因是小强只有一个妹妹，而那个妹妹考上了县中，坚决不肯换亲。等我上了高中，离开家住校，就很少见到小强了。再后来，我们家搬到城里。据妈妈说，每次回老家，小强都欢天喜地。返程的时候，他会跟在车后面，跑好一段路才停下。又过了几年，妈妈忽然说，小强没了。原因不太清楚，有人说他闯了祸，大白天欺负一个姑娘，被人打坏了。也有人说，他吃了一种药，晚上睡了一觉便没了。总之，那个傻子，就这么从世界上消失了。

他没了，大概不少人松了一口气，就像一口痰终于被吐出，落进了垃圾桶里。我却有几分内疚，我们当年的搬离，似乎是撇弃了他。

张　胜　利

张胜利是我们鸡鸣村的干部子弟。当年他父亲差一点儿没选上村长，但选举那天中午两个小时内，张胜利的父亲从东到西、从南到北紧急走访了一趟村里群众，分发了一沓口头支票加上一箱好烟，最终大家纷纷表示更支持张胜利的父亲。我们村被周围的几个霸凌村挤压多年，需要一个强有力的人物撑一撑。张胜利的父亲个子魁梧，一身酒气，说话豪气，左耳朵上总是有烟可别，虽然经常说话不算数，但在高级香烟的缭绕中，大家一致认为，如果他面对霸凌村也说话不算数，倒不见得是件坏事。

之后数年，张胜利一直享受村干部子弟的福利，为人处世明显比我们这些同龄人要老练。每年冬天，我们学校旁边的小池塘结了厚冰，大家课余时间都去滑冰或打陀螺。张胜利往那儿一蹲，不怒自威，立刻就有同学两人一组，分别拉着他一只手跑起来，让他享受冰上飞的感觉。读了几本书，他时常发表一些高见。比如他对"我思故我在"这句话的理解，大意就是"敢想我就有"。听到有人嘲讽过去时代"人有多大胆，地有多大产"的荒诞，张胜利会摇摇头，带着点儿不屑，"很多人难以摆脱低下处境，主要是缺乏想象力。创新力？想象力远比创新力更重要！如果没有想象力，创新力再大，都只能在地面上折腾，但有了想象力，你就能飞起来，这就是鸟和鸡的差别！"说这话的时候，张胜利把胳膊扇起来，仿佛驾着想象力的翅膀，像鲲鹏一样飞上九万里高空，几乎令大家说出"苟富贵，勿相忘"的话来。

不过大家也都知道张胜利的学习成绩。我们那时的高考，号称"千军万马过独木桥"，自然落水的很多。大家只知道他复读了，后来逐渐淡忘了。有一年我们几个临近的大学搞戏剧节，我意外地见到了张胜利。他虽然有些变化，但我仍旧能认出是他。不得不说，张胜利有点儿帅哥的模样了。当时他专注地盯着舞台，陷入一种奇怪的热情，仿佛被闪电照亮了，满脸的兴奋。我直觉舞台上扮演朱丽叶的那个女生是他的梦中情人，美丽的朱丽叶正热切地呼喊着心中的爱人："罗密欧，罗密欧，你为什么是罗密欧？不认你的父亲，也不要姓你的姓！或者你不肯，你就起誓说你爱，我可以再也不姓凯普莱特……不过是你的姓才成了我的仇人，即使你不姓蒙太古，你仍然是你。蒙太古这几个字是什么呢？

它又不是手，又不是脚，又不是胳膊，又不是脸，也不是身上任何其他的部分。啊！姓个别的姓吧！姓名又算什么？我们叫作玫瑰的，不叫它玫瑰闻着不也一样甜吗？罗密欧也这样，不叫他罗密欧，他仍保留着他天生的完美。罗密欧，去掉你的姓吧，不是为了那无关紧要的姓，我就完全是你的。"舞台布置得很精美，朱丽叶站在一个高台上深情表白，罗密欧站在下面痴情凝望，金风玉露一相逢，便胜却人间无数。

　　节目结束后，我正打算跟张胜利打个招呼，忽然听到有人喊他："喂，王一同，你傻了吗？你是不是看上朱丽叶了？怎么那么兴奋？"他点点头："是啊，我就是看上她了！你等着瞧吧——"话没说完，他就朝舞台跑了。我挤过去，问那个男生："你好，请问刚才那个王一同是你同学吗？他好像是我老乡呢。"他点点头，原来大家都是老乡，他叫孙家昌，老家跟我们同乡不同村，相隔不过十几里路，跟张胜利都是学经济的。可是张胜利怎么改名叫王一同了呢？他大概看出我的疑惑，热心地补充了一下："王一同原来叫张胜利，复读三年后考上大学，改名了——啊，我知道你的意思，怎么姓都改了？他说随他母亲姓，家里也同意的。"我心里多少还是有点儿疑问，改姓在我们村好像没大听说。但我没有深究，毕竟这是人家的自由。我告诉孙家昌我的电话，并让他转告张胜利，有空老乡们一起聚聚，大家相遇也是缘分。

再次见到张胜利是一年后了，我面临毕业，忙乱得很。某个周末，我在超市与张胜利不期而遇，他跟一个女生手拉手在一起。我跟他打了个招呼，"嗨，张胜利——"他似乎有点儿闪烁，迟疑了一下，把女朋友介绍给我，我笑着问："是上次戏剧节的朱丽叶吗？"他先是有点儿吃惊，接着很开心地笑了："是的，我的朱丽叶。我现在是莎迷呢！四大悲剧倒背如流，哈哈。听孙家昌说你是外语系的，哪天咱们聊聊莎士比亚，我给你背上几段听听！"我连忙表示钦佩，倒并不是恭维，我对莎剧只是浮光掠影，印象最深的还是戏剧节的场景呢。像我这种只能寄希望打人生后半场的普通女生，偶尔背背《简·爱》里的段子，做灰姑娘的梦也就罢了，对帅哥美女组合的段子没多少感觉。"有莎士比亚做月老，你俩这爱情的起点够高的啊！"我打趣道。张胜利笑了笑，问我："你去过嘉兴吗？我们刚从嘉兴回来，去朱生豪故居看了看。我现在不仅是莎迷，还是朱迷呢。太感人了，朱生豪翻译莎士比亚戏剧本身就是一个完美的悲剧。而且，他不愧是民国最会写情书的人。"我越发有点儿自惭形秽了，地理是我高考的痛点之一。朱丽叶表现出小鸟依人的甜美样子，我注意到他俩手臂上都有一朵红色的小玫瑰，心里飘过朱丽叶的爱情宣告，没想到张胜利还是个情种啊。不过话说回来，罗密欧与朱丽叶这对恋人好像最后结局不怎么样啊，我心里不厚道地想。因为杂事缠身，我约他们以后找个时间一起吃个饭，便匆匆地走了。

　　毕业后的一天，我忽然接到孙家昌的电话，"你知道张胜利的事吗？"我说不知道啊，最近没什么联系。他有点儿激动，"他出事了！他冒名顶替人家王一同上了大学，最近被人揭发了！还跟我说是随了母姓，真是太离谱了！"

柳　　叶

　　柳叶是我们村最标致最温柔的姑娘之一。我小时候特别羡慕柳叶，也因此奇怪，为什么每个人头上都有七个窟窿（两只眼睛、两只耳朵、两个鼻孔和一张嘴巴），组合起来却差别那么大。有时候仔细一看两个人差别并不大，眼睛大小差不多，嘴巴形状差不多，鼻子高矮差不多，耳朵既不招风也不歪斜，可是一打眼却相差万里，好比十八般武器人人都有，可耍起来有的行云流水，有的却烂泥一摊。

　　柳叶人如其名，我第一次读到"弱柳扶风"这个词，马上想到柳叶的风姿。如果生在古代大户人家，柳叶一定担得起十个丫鬟的伺候，可惜她只是我们村东头老柳家的第五个姑娘，前面四个姐姐已经耗尽了她爹娘求子的耐心，所以她没有绫罗绸缎可穿，也没有山珍海味可吃，甚至衣服都是姐姐们替换下来的。后来她终于有了一个弟弟，爹娘的爱心自此有了明确流向，柳叶的吃穿又降低了一个档次。有一年春节，村里都议论说，柳叶全家除夕吃完饺子，一直到大年初一早晨都没睡，两人一组架着柳叶弟弟在院子里来回遛，那小子多吃多占，差点儿没撑死。

柳叶的父亲是我们村小有名气的发明家，我认为他做发明家的主要动力一是为了省钱，二是为了讨儿子的欢心。有一次我去柳叶家玩，发现他父亲正在院子里做一辆自行车。那时一辆飞鸽牌或者凤凰牌自行车是结婚的大件之一，轻易买不起，但因为柳叶的弟弟喜欢，她父亲就毅然花好几个月做了一辆木头的自行车，为此砍倒了他家墙外的好几棵树。那辆自行车只有柳叶弟弟有资格碰，有一次柳叶忍不住摸了一下，被她父亲大骂了一顿。我当时还在她家玩，柳叶气得脸通红，小声辩解道："那车又不是纸糊的、鼻涕粘的，摸摸还能破了不成？"那水牛一般的父亲立刻要上来打她，我赶紧拉着柳叶跑了。隔几天去柳叶家玩，木头自行车已经发明出来了，柳叶弟弟兴奋地骑上去，可惜那木头轮子又笨又重，虽然勉强能转动，但他在院子里骑了一圈，累得满头大汗，身子一歪，从车子上摔下来。那车子从此被放在墙角搁置起来，作为一件发明的证据。第二年春天，柳叶弟弟闹着荡秋千，全家人齐心砍倒了两棵树，搓了粗麻绳，在院子里竖起一架秋千。那秋千也是专供，别人没资格荡的，只有义务在身后推。吃独食终究是不好的，有一天秋千荡得太高，飞到半空时绳子断了，柳叶弟弟像个麻袋摔下来，要不是柳叶及时跑过去垫在下面，她弟弟绝对不只是摔断一条腿就完事了。

柳叶被砸后吐了血，抬到村里的卫生室，赤脚医生说断了根肋骨，又伤了心肺。因为没有及时转到镇上医院，落下病根，学也不上了。靠着灵巧的一双手，柳叶成了我们村绣花姑娘中的一员。我有时放了学去看她，她的绣品细致精美，手指像蝴蝶一样在绷布上翻飞，令我艳羡不已。我看得手痒，取来一块废弃的边角料绣一绣，可惜手指粗短，舞动起来不像蝴蝶，倒像一只莽撞的蛾子，而且手心很快出了汗，绣品有了黄渍，成了废品。我受了刺激，回家后打开书包，取出比一百根绣花针还要粗的钢笔，写字的时候格外认真，希望仰仗着它，像神笔马良一样画出人生新路，从我们村一直延伸到天边。

柳叶虽然有病根，但她样子美，手巧，依然有人上门提亲。据说出嫁的那天，新郎带着人一大早在门口等，此前所有的彩礼都齐了，万事俱备只等新娘子过门了。村里人纷纷称赞柳叶的俊俏能干，新郎的脸上放着光。柳叶的父亲忽然传出话来，临时追加五千元出门费，否则不让带人走，新郎的脸上立刻蒙了灰。门口围了很多人，大家本来是看娶媳妇的，结果变成看热闹的了。有灵通人士低声分析，其实柳叶父亲早就打算临阵再勒亲家这一脖子了，他要给儿子攒钱娶媳妇儿呢。新郎蹲在地上，抱着头，嘟囔着说临时凑不齐，家里实在没钱了，以前有些彩礼钱还是借的呢。双方僵持到中午，柳叶还没出来，新郎一气之下带人走了。在我们老家，如果男方提出毁约，彩礼是不能退的；但如果女方退婚，彩礼还可以讨回。一个周过去了，一个月过去了，男方没有什么动静，柳叶的父母有些骑虎难下，其间也找过媒人协调。僵持的时间越长，对柳叶家越不利，毕竟一旦名声坏了，柳叶弟弟的亲事就会受影响。提出退亲也是不可能的，那些彩礼钱都花完了。男方觉得丢了人，执意不肯妥协。

半年后的一天，柳叶不见了。那天是她去镇上交绣品的日子，她一早就出门了，到傍晚还没回来。一开始家里人以为她去镇上玩了，但同去的姑娘都回来了，她却不见了踪迹。她四姐跟她睡一个屋，发现她仅有的几件衣服和一点儿零碎东西都不见了，看来是有备而走的。她父亲大骂了一整天，把全家除了儿子以外的人都打了一顿，埋怨她们没有看好柳叶，这下怎么跟亲家交代呢？彩礼怎么办呢？为了防止亲家上门闹事，全家连夜收拾收拾，去河西亲戚家躲债了。

奇怪的是亲家并没闹上门来，躲了一个星期，亲戚家的脸色日益难看起来，毕竟一大家子是一大堆累赘。就在左右为难的时候，邻居二哥已经成功打探到了柳叶的下落。邻居二哥虽是个农民，却对农事充满厌恶。在寻人探物这方面，他屡次抢了我们村北头算命老瞎子的生意，有时他的酬金都快超过老瞎子了。有人骂他一个睁眼的跟瞎子争食，但我想邻居二哥的第一动力绝非金钱，那是一种真挚的激情，如果没有人出钱雇他打探，他宁肯自费也要穷根究底。

简而言之，邻居二哥宣布，柳叶那天独自一人，一路打听，徒步去了她婆家，敲开大门，表明身份，从此就开始了她的婚后新生活。婆家因为没有损失什么，就接纳了她；丈夫因为她的勇敢和美丽，对她十分满意。

三　姑　父

　　有人说，世上无所谓幸福与不幸，幸福只是不同处境的比较。我本家三姑父曾用一种朴素的方式表达了类似的哲思，每年春节来我们家走亲戚的宴席上，个子瘦小的他都会照例举起杯，说个开场白："不骑马，不骑牛，骑着毛驴赶中游！我今年很好，很幸福！"我虽然对他的酒品不太恭维，喝到最后他一边说话一边拍着大腿，两边嘴角不断吐着白沫，像一条呷须回到水缸里的鱼，但他的这一人生态度还是深得我心。

　　我很庆幸自己从小学到大学都没考进班级前三名，能在前十名左右徘徊我已经非常满意了。这并非我有意韬光养晦，而是我总会遇到比我更聪明或者更努力的同学，所以我浑然天成地保持了一种平庸的智慧。

　　在我印象中，三姑父有一大堆儿子，每年吵吵嚷嚷地随着他来走亲戚，每人骑一辆自行车，车座上捆着礼物，车把上也挂着礼物，通常都是花生等土特产或是自家做的年货。车子在院子里咔嚓、咔嚓支好，排成一队，问候声随之响成一片，走亲戚的味道立刻满了院子。他们统一的特点就是小个子和大嗓门，一旦喝了酒，开了讲，声音便会越来越高，一直高到屋梁上，受到撞击再返回来。每个人都红着脸，伸长了脖子，一开始还会围绕着一个话题展开，但很快每个人都沿着自己的思路畅所欲言，根本不管别人在说什么，真称得上人声鼎沸。三姑姑不无尴尬地在旁边解嘲："开锅了！开锅了！"这种狂欢化和多声部状态，实际上反映了三姑父在管理大家庭中的民主风范，完全没有传统封建大家长的陋习。

日常生活中，三姑父还有一个始终坚持的观点，就是"一样钱，要大的"。这个观点乍看起来跟毛驴之道有相悖之处，其实不然。"一样钱，要大的"反映出他不盲目求贵的平和心理，只要能把事情办了，就没必要多花钱；同时，在花钱差不多的情况下，可以选择比较大的那一个，从而获得一种相对高的幸福度。在这个原则的指导下，三姑父永远穿着大一号的鞋子和衣服，戴着大一号的帽子。有风的日子，三姑父的草帽会在头上滴溜溜地转，让人担心随时飞走。但其实这种担心是多余的，三姑父的帽子有一根细带子系在脖子上，只要脖子在，帽子就会在。他穿着大一号的鞋子，走起路来咔嗒咔嗒地响，感觉不是穿着鞋子，而是拖着鞋子。我问他："三姑父，你脚不累吗？"他总是乐观地说："不累，不累，习惯了，习惯了！"买大一号的衣服好处则很明显，夏天的时候扎在腰里，凉快不紧绷，冬天的时候可以根据天气变化在里面增减衣服，而且不至于因为变胖就废弃衣服，节约了很多买衣服的成本。细想起来，这个大一号的原则让人生多了一分余地，多了一分从容，算得上是一种处世智慧了。

三姑父上学时间不长，但据说他有一本枕边书，《水浒传》。作为一个地道的山东男人，拿《水浒传》做枕边书再合适不过了。他每年来走亲戚的传统节目，就是现场让我们小孩抽背一百零八将的绰号，比如"及时雨宋江""智多星吴用""玉麒麟卢俊义"等，或者眉飞色舞连带比画给大家即兴讲一段水浒故事，我对四大名著的最初印象就是从他那里得来的。他对水浒好汉发自内心的热爱，让我觉得他简直可以当第一百零九将了。如果有谁质疑好汉们的人格，说什么鸡鸣狗盗之徒的话，他就立刻严肃地充当辩护者，非要说服别人尊重他的英雄们。他最佩服的梁山好汉是"鼓上蚤时迁"，而且总替时迁抱不平，说凭着他在多次战役中的功劳，最后却位列倒数第二名，真是太不公平了！他讲起时迁飞檐走壁蹿房越脊、深入敌后灵活作战时，唾沫星子喷人一脸，脸上表情变化多端，两根粗眉毛就像两条黑虫子在眼睛上方扭来扭去，眼珠子瞪的时候几乎要掉出来落到盘子里。有时他还加上对时迁心理活动的补充揣摩，简直就是时迁在世。他还曾专门去过梁山，但回来后据说对梁山颇有点儿失望，觉得还是看书过瘾。多年后我也去了一趟梁山，体会到吃鸡蛋不必见母鸡的说法还是很有道理的。这世上估计有至少一半的人事属于见不如不见的范畴，眼见固然为实，可是支撑人活着的常常是看不见的东西。

作为水浒专家，三姑父算得上是一个小知识分子了，况且他有一个很能显示知识分子气质的口头语——"而已矣"。"而已矣"一听就是有文化的读书人才会说的词，三姑父经常说完一件事，最后总结道："就这样，而已矣。""而已矣"渐渐成了一个加粗画线版的句号，也形成了三姑父独具特色的话语风格。以我有限的人生经历而言，还没有遇到第二个人体现了如此鲜明的句读格调。如果非要找到另一个人在使用"而已矣"一词上的特色感，我只能勉强推荐我本人了。

我对"而已矣"的最初印象得自于小时候看的一本笑话书，大意是这样的：甲和乙相识为友，有一天乙到甲家里拜访，甲做了一桌饭菜招待乙，其中的大件是一只鸡。甲谦虚地说："啊，一点儿饭菜，不成敬意，你看，豆腐、青菜、鱼，而已矣。"乙的文化水平不太高，他听到甲对饭菜的介绍，便以为"而已矣"是对鸡的一种文雅指称，于是记在心里。饭后道别，乙邀请甲几天后到自己家里做客，甲如约而至。乙吩咐家人做饭招待甲，其中也包括一只鸡。饭菜上来后，乙万分抱歉："啊，一点儿饭菜，不成敬意。本来想用而已矣来招待你，不料而已矣飞上了屋顶，怎么也抓不到，只好等下次了。"

这个故事给我留下了深刻的印象，甚至一度重组了我的个人字典，比如我会说："今天早上我吃了两个而已矣蛋"，或者故意难为面馆老板，"请给我来碗而已矣面"。我也喜欢想象"而已矣"拒捕飞上屋顶的动感画面，一边想象一边偷笑，由此可见我是一个不太着调的人。因此，我对用"而已矣"总结万事万物的三姑父有一种莫名的好感，他手舞足蹈地坐在酒席上高谈阔论的时候，肩膀一耸一耸的，很像起飞前的"而已矣"。不过我敢肯定，他从来都不知道，有一个人跟他以不同的路径分享了一些神秘经验。

听老家亲戚说，三姑父这几年少了高谈阔论的精气神儿，还有点儿老年痴呆的症状。他繁衍了一大家子人，现在连孙子都有儿子了，就像一根老树桩子，营养被抽走了，仅剩的几个枝条也越来越干巴了。

宋 大 河

我们村最长寿的张老太活到一百零三岁，生了五个儿子和三个女儿。逢年过节，来看望她的后辈站满了整个大院子。有一年春节，她在南方当兵的外甥捎来两箱橘子，其中一个到了我同学宋大河手里。宋大河是张老太的孙子，在吃完橘子瓣儿后，他把橘子皮像地瓜干一样晒干，每天掰一小块放杯子里泡水喝，大家笑话他怪兮兮的，但他一本正经地说有药用价值。

张老太的寿庆随着年龄增长越来越隆重，大家都愿意沾点寿气儿。张老太总是笑呵呵地接受大家的祝福，她一年到头对襟大褂前面掖着一方白手帕，有一般农村老太太没有的干净劲儿。张老太有一本金贵的小画册，过寿时才拿出来给大家过过眼。看过画册的宋大河说都是繁体字，其中一个故事是关于大洪水的。"你们知道大洪水吗？"宋大河有一次问我们，我点点头。印象中有一年发大水，家里一片忙乱，东西堆得到处都是，水漫到院子里的时候，我被放在一个大盆里，不知怎么就随着盆漂到了小学旁边的水塘那里。水盆一路打着转儿，我坐在里面，看着眼前浑浊的水有点儿头晕，一只鸭子跟在后面，让我不那么孤单。水盆忽然停下来，原来是碰到了两棵紧挨着的树，被挡住了。我正不知道怎么办，家里人追过来，把我拉上来。这次童年经历让我对大水深有忌惮，多少知道了水火无情。我一开始对宋大河以及王大江这些同学有点儿抵触，觉得他们身上蕴藏着我担心的能量，直到有一天听说是因为命中缺水，起个带水的名字弥补一下，才觉得他们没什么可怕的。宋大河摇摇头说："咱们村以前的发大水算不了什么，画册上说的发大水才厉害。那水高过最高的山，把所有能喘气的都淹死了。"我倒抽了一口气。宋大河接着讲故事："不过画册上说有一家人躲在一艘大船里活了下来，还说我们现在所有人都是他们的后人呢。"

从此我对张老太的小画册有了念想，希望能一睹真容。在张老太九十八岁大寿的时候，我拼命地挤到她身边。张老太抽出手帕擦擦手，"这是游方先生送给我的，那年我听游方先生讲故事，还是个小闺女呢。他扎大棚在我们张家村讲故事，一讲就是三四天，我每天都去，先生站在台子上讲，我紧挨着听。临走时先生送了我这本画册，嘱咐我回家好好看，别弄丢了。你们不知道，先生真是好口才，心肠也好，可惜我再也没见过他。"张老太说着，小心地打开画册，我看到第一张画上是两个人在一个园子里吃水果，"可惜这是个不好的果子，吃了以后他们就变坏了。"张老太叹了口气。再往下翻，就是大洪水了，果然有一艘大船，高高地浮着，看得出里面有几个人还活着，水面上漂着很多死人。"这可不是一般的发大水，除非在船里才能逃命。"张老太又叹了口气，"游方先生说，大洪水之前，人至少能活五六百岁，还有的活了九百多岁呢。大洪水之后，寿命就短了，活不过两百岁了。"大家这时便都说起过年话来："老太太，你身子硬朗着呢，也能活好几百！"张老太翻到画册的最后："这里还有个园子，里面的果子都是好的，吃了能长生不老呢。游方先生告诉我，只要相信他说的那些话，有一天就可以吃到那些果子，连树叶子都是上等药材，有点儿小病也不怕。"大家听了，都露出羡慕的神气。我追问道："万一又来了大洪水呢？那园子不会被淹吗？果子还能存住吗？"大家有些黯然，张老太想了一会儿，忽然高兴地笑起来："我记得先生说过，以后不会再有那么大的洪水了。为了这个事，天上还专门设了个记号，我到现在还没忘呢。"看着我们好奇的样子，张老太笑得眼睛都眯眯起来，"你们可不一定能猜出来，那可是个稀罕光景呢——晴天看不到，雨后才会有的稀罕光景呢。"紧挨着我的宋大河抢着说："我知道，我知道！那天我在屋檐下晒橘子皮的时候，忽然下起睁眼儿雨来，一会儿雨停了，天上出现了一道彩虹。奶奶，你说的那个记号是不是彩虹？"张老太抓起一把糖果装在宋大河的口袋里，连声说："是是是！好孩子，你说得正是！"我不禁羡慕起宋大河来，此前还嘲笑他吃橘子皮的事，谁想到他晒橘子皮能遇到睁眼儿雨呢？睁眼儿雨是突然下得时间很短的一阵小雨，通常一边出太阳一边下着雨，可能就是一片过路云彩随心所欲，走后留下一道彩虹，颇有点儿浪荡子的拽劲儿。我决定以后对宋大河客客气气的，这个人吃块橘子皮都能跟天上彩虹搭上关系，说不定就是个贵人。

据说张老太为她的小画册专门做了个小皮套加以保护，每天晚上都放在枕头下面，简直就是小宝书。张老太成了百岁老寿星那一年，村里着实热闹了一番。宋大河自从答对了彩虹题，深得张老太欢心，百岁宴上他作为特派员，拿出张老太的小宝书跟大家分享，并负责回答大家的提问。显然他已经对小宝书上的故事滚瓜烂熟了，我丝毫不怀疑他就是那本小宝书的继承人。我甚至起了贪念，如果有一天我能嫁给宋大河，我也会拥有部分继承权。

一贯沉稳自信的宋大河有一阵心事重重，我猜他一定有什么秘密。我学习更加努力，行事越发严谨，力争让自己成为最值得托付和信任的那个人。终于有一天宋大河来找我了，我克制自己的好奇心，认真向他请教一道数学题，频频点头表示钦佩。宋大河忽然停止讨论数学，跟我说起玄学来："前一阵子，我奶奶告诉我，她要走了，过完生日就走，要去很远的地方……去那个园子，吃好果子，叫我别伤心……"我听了居然没有表示惊讶，甚至觉得很自然，大概是小宝书起作用了。我安慰他："你奶奶要去享更大的福了，你没什么可难过的。如果你舍不得她，你就把那小宝书继承下来，做个念想。"

张老太在过完一百零三岁生日后的第二天寿终正寝，她像往常一样安稳地睡了，只是没有再醒来。大家都说她没病没灾地走了，实在是天大的福气，是喜丧。就像个老面瓜，瓜熟蒂落，没啥可悲伤的。宋大河果然继承了小宝书，上大学后我们还一度保持联系，但高度始终维持在分享小宝书的水平线上，我体会到精神对肉体的辖制，当然这不能不说是人之为人的可贵之处。后来他结婚了，我作为同窗好友送了一份厚礼，他回赠了我一本小宝书的复印件，封面上画着一道彩虹。

王 文 化

　　王文化是我们村的能人，大家都遗憾地说他没托生在城里，要不然至少能当个文化局局长。可惜他能言善辩，很长时间却只是个卖苍蝇药的。他老爹是个酒鬼，怀里总揣着一个小酒瓶，不时摸出来喝一口过过瘾。当然他更喜欢用大酒瓶喝酒，不过他的大酒瓶只要被老婆看见，必定会摔个清脆的稀巴烂。他趁着酒劲儿也打过老婆，但他老婆也不是吃素的，捞起饭笊篱里坚硬的馒头，像扔手榴弹一样砸得他头破血流。王文化在酒瓶和手榴弹的缝隙中顽强生长，很早就开始做各种小生意谋生。

　　农村苍蝇多，寂静的夏日午后，一群群嗡嗡地盘旋着，寻找着满意的落脚之处，丝毫不顾忌自己的恶俗本质。苍蝇又是一种极具敢死精神的飞虫，只要不被打死，就一次次冲锋陷阵。我上学后了解到，苍蝇的这种敢死精神享誉全球，大诗人荷马都对它们印象深刻，信手拈来描写战场上的勇士，感叹"在他的胸膛里种进了一只苍蝇的勇气"。

那时家家户户都需要苍蝇药，所以王文化每次镇上赶集都能赚上一笔。话又说回来，集上卖苍蝇药的人很多，却都卖不过王文化，这只能说明王文化有过人之处了。

王文化卖苍蝇药的摊位是赶集的黄金摊位，位于镇中心的十字路口，人来人往，买卖机会多。如果集日赶上周末不上学，我手心里攥着妈妈给的几块钱去集上买好吃的，顺便去王文化的摊位那儿看看，观摩一下他如何兜售苍蝇药。王文化因为赚了些钱，所以早早买了一辆电动三轮车，轻松代步、拉货。他是个干净利落人，中等个子，身材挺拔，面目清秀，衣着得体，颇有几分城里人的不俗气质。最重要的是，他一张嘴就显得鹤立鸡群。他不像一般的小商小贩，灰头土脸地高声叫卖，而是拿着一个亮铮铮的充电敞口儿喇叭，气定神闲地推销。有了喇叭这个助力工具，他说话声音不大，但极具穿透力和吸引力，加上他口齿清晰，出口成章，真有几分文化人的神态。我至今都记得王文化卖苍蝇药的推销语之一：

苍蝇药，药苍蝇

苍蝇这个东西真窝囊

遛遛了馒头遛遛了饼

叫人吃了就不干净

头上发热身上冷

打得炕沿乱蹦蹚

…………

　　如果这个推销语不能用我们当地的方言念出来，就会失去至少一半的生动性和感染力。但我写下这些推销语时，耳朵里回荡着方言的灵魂，回荡着王文化那抑扬顿挫的充满感染力的推销技巧。方言的作用是不可替代的，就像普通话的作用不可替代一样。大家闺秀和小家碧玉，鲍鱼海参和萝卜白菜，都有存在的价值。

　　王文化每个集日的推销语有些是固定的，有些是现场发挥一气呵成，但都兼具美感和实用价值。经过王文化富有画面感和同理心的引导，集市上来来往往的人们对苍蝇的痛恨呼之欲出，甚至把所有头疼脑热肚子不舒服的病源都归到苍蝇名下。大家纷纷掏钱买了一堆苍蝇药，每个药包上都印着一只或几只奄奄一息的罪该万死的彩色苍蝇。

　　王文化虽然卖苍蝇药，却表现出了一种洁净之美，仿佛出淤泥而不染的荷花。他站在崭新的三轮车旁，脚前铺着一大块干净的布，上面整整齐齐地堆着一包包的苍蝇药，苍蝇药旁边是一个敞着口儿的干净的帆布包，里面有一些钱，不证自明地引导大家把钱投在里面。只要有一个人开始热情地买，就会引来其他人更热情地买，于是他三轮车上的货也在临近中午散集之前都会销售一空。

我路过观摩的时候，觉得王文化至少有一种当老师或主持人的知识分子气质，大大超越了他那与苍蝇打交道的真实身份。也许他就是武侠小说中写的某个流落民间的王室成员，因为没有身份证明，不能参与国家大事，每日行走江湖底层，却无法掩盖其清贵之气。

王文化在卖了几年苍蝇药之后，还卖过老鼠药和蚊子药，总之他是肩负为民除害的重任。但我内心里期待他早日摆脱这些蝇营狗苟的脏东西，去从事与他气质更相符的工作。终于有一天，我看到他开始卖时尚衣服了，这让我觉得稍微安慰了些。他依然拿着小喇叭，给顾客细致耐心地解答关于衣服的材质和做工方面的各种问题，特别是根据不同人的身材肤色年龄推荐不同的衣服，很专业且有说服力。他很快在卖衣服的摊主中脱颖而出，除了上面所说的原因，还有很关键的一点，就是他率先通过展示的方式售卖，用今天的话说，就是给自家店当模特儿。如果有人对某件衣服上身效果不确定，他立刻穿上，往那儿一站，马上就会令人心动并掏钱购买。虽然卖家秀和买家秀是有差距的，有时这种差距不亚于天上人间，但卖家秀一直到今天仍然有效，这充分说明人活着不单是靠食物，还要靠想象力。男式衣服王文化自然没问题，女式衣服他也毫不犹豫地试穿。我有一次看到一个大婶相中了一件半身花裙，他麻利地套上，因为他腰细腿长，裙子被他穿出了非常好的效果，顺利卖出。当模特儿不是每个摊主都能胜任的工作，所以王文化的售卖方式没有多少可仿效性，有的摊主硬要尝试，也只会落得个东施效颦的下场，反而影响销售。

王文化成了我们村第一批在县城买楼房的有钱人，等我上中学的时候他已经不在村里住了。据说他还在县城新开的商业街买下了一溜儿门面房，雇人经营不同的行当，成了个大富户，娶了一个城里老婆，生了两个儿子继承家业。大家终于替他舒了口气，我们村这个小庙哪能盛得下他这种大仙呢？什么人就该待在什么地方，人家王文化只是在我们村落落脚而已。

王　光　荣

　　王光荣是我们鸡鸣村的名人，在我上中学的时候，他已经靠着诗人的名号，得了"文曲星下凡"的美誉。二十世纪八十年代，如果你上过学念过书却不想当个诗人，你至少不是个聪明人。那时候你只要诗写得足够好，就有机会直上北大、清华，所以只要头脑正常，谁肯放过这个坐飞机一飞冲天的机会，而甘心闯那千军万马过独木桥的高考关呢？那是一个诗歌的梦幻时代，既成就了一小撮诗歌的天才，也让很多人做了不切实际的黄粱美梦。我记得高中时第一次从图书馆借阅拜伦的翻译诗集，匆匆翻了一遍后心里一阵狂喜，不是觉得拜伦的诗写得多么妙不可言，而是觉得自己距离成为世界著名诗人不远了。所幸我有点儿智商，加上我们这一代人赶上了国家重视教育的好机会，自小学起便被李白杜甫白居易这些国民诗人喂了点儿精华液，冷静下来之后觉得事情没有那么简单，一定是那个译诗的人缺斤短两了。

我在二十世纪八十年代后期度过了中学时代，等我上大学的时候，国民文学梦就开始退潮了。这部分解释了为什么我中学时代想当个作家，但大学毕业后却走上了写论文的道路。当然主要是我因为对文学的爱不够热烈，至少不像王光荣那么热烈。

王光荣有着二十世纪八十年代男诗人的标配——一头略微卷曲的长发。我一直比较奇怪，为什么男诗人钟爱长发这个造型，似乎短发的男人就不配当诗人。自从有一天我听到一个长发王子的悲惨故事之后，我对长发男人就有了一点儿阴影。那个英俊的长发王子举兵反叛自己的父亲，两军交战的时候，他骑着骡子跑进一片橡树林里，结果长发被树枝挂住，骡子弃他而去，他悬在空中，被对方的元帅刺死。王光荣长得也不错，面皮白净，个子接近一米八，一头小瀑布般的披肩发，额头有一缕儿不时掉下来，这给了他一些慵懒地顺上去的机会，或者潇洒地甩上去的机会。他走路时肩膀一个高一个低，微微有点儿驼背，不过一个诗人如果像个普通人直愣愣、硬邦邦地走路，诗人的阴柔颓废之美也就没有了。除了夏天，他总喜欢在脖子上围一个红色的围脖儿，颇有点儿五四青年的派头。我们村南头是一条白沙铺成的马路，号称南大道，相当于我们村边的景观大道，也是与南村的分界线。大家在地里干活，偶尔看到王光荣骑着锃亮的

"大金鹿"自行车从南大道经过，鲜红的围脖儿在胸前飘动，着实是一道风景。据说爱讥诮的朱日升曾慢悠悠地评价："看看，都说白脖子的乌鸦难找，这不，来了红脖子的了！"

王光荣靠着写诗的才能，大学毕业后在县文化馆得了个令人羡慕的文雅又清闲的位子。在村民的传说中，他过着神仙般的日子，每天上午太阳老高了才上班，下午太阳还老高的时候就下了班。上班期间干啥呢？喝喝茶，看看报纸，写几行诗而已，如果文曲星有工作，大概也就是这个样子吧？王光荣出过书，这是证明他文曲星身份的最有力的证据。我们村的村民虽然大部分没什么文化，但保留着传统对文字和书籍的尊重。印在纸上的字是神圣的，不能撕毁，更不能踩踏。如果在地上看到一张有字的纸，要赶紧捡起来，放在一个稳妥的地方，这大概是"万般皆下品，惟有读书高"观念的余绪。王光荣出书后，他的父亲王老三请村里的瓦匠队把原本放杂物的东厢房修葺一新，请木匠队把门口的老槐树砍了，做了一张大桌子和一把高椅子，把王光荣出的书摆在桌子上，邻里谁想看都可以坐在椅子上看，不过事先一定要把手洗干净。我出于一种莫名其妙的心理，一直没有去拜读王光荣的诗集。近朱者赤，王老三也渐渐有了些文气，去镇上买了一个大号竹子笔筒和几支毛笔，外加一大沓宣纸，每天早晨下地干活之前，先坐在椅子上练一会儿毛笔字。他本来不识字，练的时间长了，居然也认识了一些，与诗人父亲的身份也有些匹配了。

对于二十世纪八十年代的诗人来说，一个很大的福利就是不缺女朋友，这也反映了那个时代广大女性对文学的偏爱。如果不能跟文学搭上直接关系，至少可以跟搞文学的男人搭上关系，这样也算是跟文学间接搭上了关系。今天喜爱房子、车子和票子的年轻人或许很难理解二十世纪八十年代的审美观，所以代沟是个神奇的东西，但我喜欢每个时代之间都有一条沟隔着，这样大家都可以拥有时代的秘密活下去，否则这个世界一马平川还有什么意思呢？至少像我这种搞文学史研究的人需要代沟，非常需要。在二十世纪八十年代审美观的推动下，男诗人拥有了前所未有的魅力，无论高矮胖瘦美丑，只要你会写诗，你就具有了吸铁石一般的能力，走到哪里都能吸住一群铁钉般的文学爱好者。我为了写论文查阅文史资料的时候，不喜欢有的文学女青年事后幽怨，写文章说什么以为遭遇了文学其实只是遭遇了男人，这是一种推托之语。根据皮之不存毛将焉附的古训，皮和毛本来就是一体的，在二十世纪八十年代，文学女青年消费的所有男人，其实都是文学这张皮上的毛。

王光荣凭借着八十五分以上的良好颜值，极其充分地满足了我们村相当长时间里的男女关系的话题，也极大地改变了我们村谈朋友就要结婚的陈旧观念，他的女朋友据说以群为单位。鉴于我们村一直有人打光棍儿，还有人需要花钱去四川买媳妇儿，王光荣被一小撮嫉妒他的光棍儿封了个"王铁石"的雅号，不雅的也有好几个，比如"王大粪"，意思是他走到哪里，都有一群苍蝇般的女人嗡嗡地跟着。时间是解决一切问题的利器，到了二十世纪九十年代，王光荣作为一个诗人的价值迅速减退，女青年们开始转型消费金钱这张皮上的毛。我们村的光棍儿们以为终于迎来了报复嘲弄王光荣的机会，不过他们太乐观了。王光荣在二十世纪九十年代初咣当一声扔掉了县文化馆的铁饭碗，下海当了一名书商，据说挣了很多钱，几年后在县城给王老三两口子买了大房子，王老三全家都搬到城里去住了。

最近我因为收集资料，偶然发现一个叫王荣的诗人很活跃。经过认真考证，我确定这个叫王荣的诗人就是我们村的著名诗人王光荣。他绕了一圈儿又回来了，而且是螺旋式的圈子。他现在是一个诗歌刊物的主编，积极奖掖后进，自己还不断出新作，我正在考虑要不要写有生以来的第一组诗投给他的刊物。我希望踩着前辈的梯子，成为我们村的第二位诗人。

高 爷 爷

　　高爷爷活了一百零二岁，是方圆几公里的高寿代表。因为家贫，父母早亡，他在四十多岁时才娶到一个老婆。他老婆看上去很温柔，里里外外也很能干，可惜的是隔三岔五就会犯病。犯病时披头散发，面目全非，破口大骂，还喜欢砸东西，颇有点儿拼命三娘的味道。地里活儿不忙的时候，邻居们有时会远远地观摩她犯病，并惊讶她平时柔和的外表下，原来关着一头凶残的母兽。高爷爷无奈地上前拦着她继续发疯，她张牙舞爪地乱抓一气，高爷爷脸上很快就多了些红道子。有人为高爷爷打抱不平："老高，你把她打晕！看她还怎么发疯！你又不是打不过她……"高爷爷没有接受场外指导，只是沉静地压制着那疯子，直到她渐渐地没了力气，像个可怜的泥人一样瘫在地上。高爷爷带着歉意跟围观邻居们解释："她是个病人，我不跟她一般见识，让大伙儿看笑话了。"

有一天，高爷爷下地干活了，他老婆一个人在家发了疯，大概屋里没什么可砸的了，她架着梯子上了房顶，在大家的惊呼声中，踩着屋脊扭秧歌一般跑到了邻居家的屋脊。邻居张老三可没有高爷爷的耐心，又怕她落地后打砸自家东西，便找了根长竹竿子，试图把她像赶老母鸡一样赶出自己的领地。躲闪间那疯子一脚踩空，跌到了屋后邻居家的院子里。等到高爷爷赶回来把她抱回家时，她已经神志不清了，几天后就结束了她的癫狂，归到永远的沉寂中了。

　　这个疯女人没有给高爷爷留下一儿半女，按照我们当地的习俗，高爷爷某个多子的族兄把一个儿子过继给他，于是他成了一个名义上有儿子的人，他的房子和一点儿家产也有了继承者。那个过继的侄子叫高二，自小不肯读书，爱好偷鸡摸狗，曾被他父亲绑在树上打过，也吊在梁上打过，但骨头硬得很。长大后好像入了一个帮派，身上刺了一些奇怪的图案，号称青龙。即使娶了老婆生了儿女，他依然戾气十足。这次他父亲假公济私，把这块硬骨头甩给了高爷爷，高爷爷却逢人便夸赞他，说自己真有福气，不但有了儿子，连孙子孙女都有了。

　　没有了疯老婆的纠缠，高爷爷把他的耐心和爱心奉献给了街坊邻居们。天热的时候，他在村南头两棵大槐树中间支搭一个小棚子，每天免费供应温开水，树前有块平整的大石头，摆了一溜儿大小不一的茶缸子茶杯子，供过往的行人特别是抢收麦子的路人解渴。几乎我们村所有的人都喝过高爷爷的免费水，而且喝着喝着大家都觉得理所当然了，偶尔他有事没有在那里烧水凉好，甚至会落下个别人的埋怨："今天怎么没有水呢？我太渴了，本来还想着赶紧过来喝口呢，这老头儿真是的！"

逢年过节，大家感念高爷爷的好意，就给他送点儿礼物，据说基本都被高二享用了。但高爷爷从来没有为此责怪侄子，他总是笑眯眯的："东西就是让人吃的，谁吃都是吃，谁吃都滋养身体，不浪费就行。"

高二的人生理想主要归纳为"吃香的喝辣的"，香莫过于肉，辣莫过于酒。据说高二吃肉的时候，连他的子女都只能默默地看着，如果谁敢染指，必定换来一顿暴揍。不看也是不行的，这会影响高二的食欲。偶尔他发了善心，从盘子里扔出一些带肉的骨头给眼睛冒火的小儿子，"吃吧，瞧你那馋样！没点儿出息！"高二走在街上，昂首挺胸像只红冠大公鸡，他的脸因为喝酒经常是红色的，一直红到耳朵根儿，整个脖子也都是红的，似乎他喝的不是酒，而是一坛子血。

泡在酒里的高二总是急躁的，仿佛酒里掺了火药。有一年他家种了半亩高粱，成熟之际，他老婆央求他去砍倒并用牛车拉回来。高二腰里别了半瓶酒，坐着牛车到了高粱地，先猛灌了几口，觉得气势上来了，便抢起镰刀，拿出江湖儿女的气概，呀呀呀地喊着，毫无章法地杀倒一地，被斩落的高粱头都是血红的，仿佛为了配合高二杀戮的表演。旁边干活的高老三一家吓得远远地躲开，生怕溅一身血。高二畅快地又灌了几口酒，把高粱秸收尸般地捡起，胡乱堆在牛车上。老牛拿两只大眼静静地看着他，提醒他把高粱秸捆好，却换来高二的一顿呵斥。牛车在坑坑洼洼的土路上颠簸着，高粱秸不时地掉下来，触动高二脆弱的神经。走到村头时，高二终于被激怒了，他喝住老牛，把高粱秸从车上拽下来，拼命摔打高粱头，嘴里骂骂咧咧："掉！掉！我让你再掉！"可怜的高粱头被摔断，高粱粒滚落在土里，引来远远围观的一群人。高二摔累了，扬长而去，留下老牛不知所措，大眼睛里蓄着没完成任务的悲伤。过了一会儿，高二的老婆拿着扫帚和簸箕跑来，连土带高粱粒一起扫回家。在世界各地，总有一些不停地为自己的丈夫擦屁股的女人，她们在漫长的岁月里练就了伟大的忍耐。

高爷爷的忍耐也是伟大的，并且显而易见。村里曾经有一个仰慕高爷爷的人来请教他，如何止住自己的坏脾气，高爷爷为他讲解了半天，临走时还送给他一个自制小巧的"忍耐牌"，让他每天挂在脖子上作为提醒。有好事者为了破他的功，不时地问他："你脖子上挂着的是什么呀？"他一开始还能忍耐着回答："忍耐牌。"后来越来越不耐烦，声音也高促起来："忍耐牌！忍耐牌！你眼瞎了吗？看不见上面写的字吗?!"再过了一阵子，他干脆把忍耐牌摘了扔掉。高爷爷告诫他："忍耐不是外面的事，是里面的事。你要有怜悯人的心，不要跟人计较什么，没有什么过不去的。你看那日头，照在好人身上，也照在坏人身上，并没有什么区别和计较。如果你忍耐不下去，就多想想日头吧。"高爷爷的教导自然是令人佩服的，不过通常人们都是希望日头多照自己的，而且觉得自己比别人更有资格被日头照。

　　高二有一天被人抬了回来，扔在大门口，浑身都是血。高爷爷和高二的老婆合力把他抬回家，村里的大夫被请过来，忙活了好一阵子。高二躺在炕上静养的那些日子，村里变得很安静祥和，大家意识到没了高二的生活是多么可爱，也体会到"一粒老鼠屎，坏了一锅汤"的含义。高爷爷和高二的老婆共同照顾他，后者负责熬药做饭，前者负责端到炕上喂下。这个次序很重要，不能颠倒，否则后者可能有生命危险。高爷爷用他沉静的力量压制着高二，或者说用爱的力量征服着高二。我们常常愿意爱全人类，却无法爱身边的某个不可爱的人；愿意为全人类牺牲一切，却不愿为身边的某个讨厌的人递上一杯水。这是不是一种虚伪或者假冒为善？

或许是我们的爱不够，所持有的一点儿爱只够爱屋及乌？我小时候发现自己无法真实地关爱一个像高二那样的人，所以长大后宁肯去搞基础理论研究，也不愿去做事务性工作。

高爷爷对高二的爱有了感化的效果。高二痊愈后不再在外面混，而是老老实实地陪着老婆孩子过日子，还在高爷爷劝化人的时候现场助攻，现身说法。有人表示不认可："高二，你以前骂过我，你现在忘了吗？你若说自己改变了，应该给我赔礼道歉的！""高二，你欠我的钱还没还呢，都三年了！"高二脸红起来，在高爷爷的再三教促下，过两天竟真的去敲人家的门，专门表示道歉，引来一阵阵感慨；欠了钱的也尽量还上，实在还不上就打个欠条，保证慢慢还。先知在自己家乡通常不受人尊重，远来的和尚会念经，这些箴言都是有道理的，但高爷爷在我们村的声望很高，除了个别人说他是个老怪物，多数人都肯定他的善行，在周围几个村子里也都是有好名声的。

高爷爷逐渐老了，一天到晚主要都在炕上，行动不便。随着年龄的增长，他的面容越来越安详，对任何到他眼前的人都流露着慈爱，仿佛一口活水的老泉。高二负责给高爷爷端饭，有时一忙就忘了。有一天，高爷爷从早到晚都没吃上饭，天又冷，他实在饿了，委婉地对高二说："二子啊，你们吃饭了吗？"高二一拍脑袋，恍然大悟："哎哟，您看我，今天忘了给您端饭啊！我真该死！"高爷爷笑笑："你最近事儿多，忘了也自然。我不干活，吃得少，你们多吃点儿。"

高爷爷在一百岁生日的时候，村长专门给伲送去百岁老人的特殊补贴，这可是国家给的补贴，着实让村里的老头老太们羡慕了一把。高二在院子里摆了八张大桌子，请街坊邻居来吃长寿面，还端上了鸡鸭鱼肉十个大菜。高爷爷坐在主位上，开心地笑着。高二的老婆很细心，发现高爷爷本来已经全白的头发又长出一些黑头发，本来掉光的牙齿又长出几个，大家纷纷上前观摩，连声说："返老还童啦，这是福气呀。高爷爷，您真是个老神仙哪！"高爷爷笑眯眯地说："我本来无儿无女，老天爷让我儿孙满堂，又活到一百岁。二子改邪归正，两口子伺候我享福，街坊邻居也都和睦相处，现在国家又给我补助，我过的就是天堂日子啦。"

高爷爷离世出殡的那天，街上站满了人，大家都来送高爷爷最后一程，有些人还是邻村的，受过高爷爷的指点之恩。我们鸡鸣村一直比较弱小，高爷爷算是为我们村赢得了一块精神高地。

朱　日　升

　　朱日升和他老婆待在一起，就像是一对反义词：一个又瘦又高，一个又胖又矮；一个慢悠悠的，一个急匆匆的。他俩经常拌嘴，但是基本不影响日常生活。朱日升最喜欢的事之一就是跟他老婆唱反调，典型例子就是他的那句口头语——好了痨病添上了喘。因为我们两家有点儿远亲，他老婆经常到我们家来串门，也经常控诉朱日升的一些言行。但朱日升见了人总是笑眯眯的，说话也柔声细语的，即使反驳也是不笑不说话，倒显得他老婆有些无理。

　　按照七拐八拐的辈分，我应该喊朱日升为哥哥。不过朱日升至少比我大了四十岁，加上他至少一米九的身高，我觉得喊他哥哥有点儿不伦不类，但他每次见了我，还是很中规中矩慢条斯理地喊我妹妹，让我浑身起小米粒儿。

　　有一天，朱日升到我们家来找他老婆，恰逢他老婆在批判他："哎呀，你们不知道啊，老日头专门跟我对着干，我说东他说西，我说打狗他撵鸡，简直就是我这辈子的一块磨石！"朱日升站在门口麻利地接上了话："老婆子，你可别瞎了我这块好磨石！"瞎了就是浪费了的意思。大家都笑起来，他老婆不甘示弱："瞎了就瞎了！不就是块破石头嘛！"朱日升接着说："老婆子，别聊了，该回家做饭了！"他老婆不耐烦地说："好了好了，这就走！"朱日升见他老婆没有要走的意思，笑眯眯地讽刺她："好了痨病……"他老婆喝住他："行啦，马上走！"

我们村虽然整体文化水平不高，但在起绰号方面还是很有潜力的，很多人都在本名之外拥有极具个人特色的绰号。事实上，世界上大多数人的学名过于正式呆板，只适用于人口普查或者一些特殊情况下使用。比如我们村里小孩之间对骂，只说出对方家长的全名，便包含了十足的侵略味道，这大概源于对长者名讳的传统。朱日升的儿子跟别人对骂，对方不必说出"朱日升"这三个字，只说出"日头升"或"老日头"即可达到羞辱目的。我们家乡方言中，太阳即日头。村民嫌"朱日升"念起来拗口，便呼之曰"日头升"或"老日头"。

争吵归争吵，朱日升很有过日子的想法，他老婆也能顺从他的合理意见。朱日升为了增加收入，在种地之余开了块菜园，但他一米九的大个子进大棚只能弯着腰，他矮胖的老婆就行动自如多了，所以朱日升的身高在菜园里不但没有优势，反而是劣势。他老婆笑话他像个大虾米，朱日升则笑话他老婆像个棒槌。自从离我们村五里地的东庄村建成蔬菜批发市场后，我们村几乎家家都开菜园，菜园即财源。来菜园收菜的那些老板们个个儿肉滚滚的，滴下的汗珠子都带着油腥，腋下夹的皮包也鼓鼓囊囊的。朱日升和他老婆为了招揽生意，一唱一和："哎呀，老板快来尝尝，俺家的韭菜简直就是芹菜，又粗又壮！""俺家的芹菜甜丝丝的，简直就是黄瓜！""黄瓜简直就是甜瓜，又脆又甜！"老板笑了："老日头，你们家的菜难道都变质了吗？"

我们村的地比较少，朱日升家紧挨着村西的大水湾，所以他把院子也开辟出来致富，养了一群鸭子，可以卖鸭蛋挣钱。不过这直接造成了他家院子进不去人，鸭粪臭气熏天且不说，院子里一年到头泥糊糊的，两口子只好穿着水鞋进进出出。邻居劝他们别养了，朱日升慢悠悠地说："看你说的，哪能不养呢？俺还指望着鸭子下金蛋呢！"在我们当地，鸭蛋跟鸡蛋相比，的确是物以稀为贵，毕竟水湾不多。我后来坐火车去南方读书，过了长江，到处是水湾，没有北方那种脚踏实地的感觉，遇见的山也都泡在水里，怎么看都觉得不太靠谱，说不定什么时候就会泡透了塌下来。

鸭蛋的价值，不在于像鸡蛋那样煮着吃或炒着吃，而在于腌制成咸鸭蛋。腌好的咸鸭蛋煮熟了，通常切成均匀的四瓣儿，流出金黄色的油，像一朵娇艳的花，是逢年过节招待客人的美味小菜。朱日升家里有两口大瓷缸，专门用来腌鸭蛋卖。朱日升在卖鸭蛋的时候，会反复强调他们家的鸭蛋不是普通的旱鸭子产的，而是天天在水湾里吃水虫产出的，因为这样腌的咸鸭蛋煮熟了格外流油。逢年过节他会送我们家一小篮子，并叮嘱我们吃的时候一定要小心剥皮，"俺家的咸鸭蛋油格外多，吃起来格外香，一不小心就淌一地油"，听起来他家每个咸鸭蛋就像一个大庆油田。

近水楼台先得月，据说朱日升两口子每顿饭都要一人享用一个流油的咸鸭蛋，这是我小时候极其羡慕的一件事，暗暗下决心将来有了钱也要天天吃咸鸭蛋。现在物流发达，我可以从祖国各地买来现成可吃的咸鸭蛋，包括国内呼声很高的高邮咸鸭蛋，以及我们当地比较推崇的微山湖咸鸭蛋或东平湖咸鸭蛋。但经过比较，我认为最好吃的是来自遥远的广西北海的一种海鸭蛋，不太咸但油很多，鸭蛋白也不像北方腌制的那么硬。一只天天在大海里邀游吃喝的鸭子，跟一只天天在小水沟里扑腾觅食的鸭子，一定在产蛋的过程中有格局和胸襟的差异。每次吃一个流油的海鸭蛋，都会让我从胃里涌起一阵幸福感，这充分说明幸福是一个很主观的东西。

朱日升两口子吃糖包的事儿在我们村广为流传。有一年夏天，朱日升的女儿回娘家，带了一兜子糖包。以前糖是奢侈品，朱日升形容他老婆吃糖包的样子："你们是没看见啊，俺闺女包的糖包里的糖太多了！老婆子拿起一个，一掰，滋了一脸！一手！老婆子抬起手打算舔一舔，没想到淌了一胳膊！糖包举起来的时候，又顺着后背淌了下去，一直淌到脚脖子！"有人笑骂道："老日头，你们俩怎么没被糖包淹死！"

朱日升和他老婆都活了九十多岁，这可能与他俩一辈子的辛勤劳作有关系。即使有儿女照顾，他俩也活到老干到老，保持对生活的热情以及享用美食的胃口。每年春节，他家的灶屋梁上挂了一溜儿煮好腌好的鸡鸭鱼等大件，每天排着队等着被吃，数量保证要一直排到正月十五甚至出了正月才行，即使味道不新鲜了也要排队等着，以显示丰年有余。朱日升八十岁的时候买了一辆三轮车，天天带着他老婆去周围各处赶集卖菜然后买好吃的，"人活着，什么好吃的都得尝尝！"

王 老 师

我初中的数学老师姓王，是我们那一带著名的数学天才，据说没有他不会的题。可惜的是，他口才不好，不会表达，上课时只会写黑板，写满了一黑板就问学生："会了吗？"如果大家表示肯定，他就把黑板擦干净，继续写后面的题；如果大家表示没看懂，他就把黑板擦干净，重新写一遍。当然总有人是不会的，不过只要有一部分学生看懂了，大家就不忍心浪费时间，等上自习的时候，让会的同学讲解一下。采用这种师生合作的方式，我们学校的数学水平一直保持在全县领先。

王老师的妻子人高马大，是我们村东头老马家的二闺女，王老师却又矮又小，像是他妻子的跟班。那时老师们住在学校东北角的教工宿舍，有三四排的平房，每家一个小院儿，院儿里种点儿黄瓜、豆角、茄子之类的家常菜，还可以种树养花。王老师的女儿英子是我的同班同学，所以我有时也去他们家玩儿。我那时的理想就是以后在我们学校当个老师，分一个带小院儿的房子，工作生活两不误。

初二暑假，王老师攒钱买了一辆崭新的青岛"大金鹿"自行车，经过一个假期的努力，终于能骑着上路了。王老师在学校大操场学骑车时，英子经常邀着我一起去给王老师扶车。"大金鹿"又称"二八大杠"，"二八"据说指的是轮子的直径为二十八英寸（约七十一厘米），"大杠"指车座和把手之间有一个横梁，骑时需要一个快捷有力的大力金刚腿才能上去，腿法运用得好，会显出一种特殊的霸气，仿佛古代骑士飒爽英姿骑上一匹千里马，绝尘而去。当然腿法运用得不好，就完全出不来那种效果。可以想象，这根大杠是王老师学自行车时的天堑，事实上，他从来也没有用一个流畅完整的大力金刚腿跨越过，而是需要把大力金刚腿的动作至少分解成两步——先是努力把右腿甩到大梁上悬置，仿佛戏文中唱的被不孝子女送到墙头上的可怜老头儿——然后再把右腿落下，右脚踩到脚蹬。操场上有些个子更小的孩子，坐在车座上脚够不到脚蹬的，只好歪着身子，把右腿从大梁下斜穿过，一扭一扭地骑车。王老师有师道尊严，那种猴子般的姿势不适合他。为了防止他从车子上摔下来，我和英子一左一右地扶着后座，跟着他呼呼跑，累个半死。后来我们借鉴一个小孩子的做法，在自行车后座上横着绑一根粗棍子，这样自行车歪斜的时候，可以保证车子不至于彻底歪掉，王老师也不至于直接摔倒在地。一直等到他完全掌空了平衡技术和蹬车技能，棍子才卸掉。

我曾一度怀疑那时的自行车完全是按照高个子男士设计的，仿佛全国人民都有一米七以上的个头，完全没有把小个子男士、女士或者儿童考虑在内。我甚至发愁以后要是天天骑着"大金鹿"去上班，该有多辛苦，后来才知道原来也有"小金鹿"式的轻便型自行车。一辆载重型"大金鹿"在当时不亚于古代一头牛或一匹马的价值，也不亚于现在一辆汽车的价值，能满足出行几十里以内驮几袋子粮食或大包小包东西的各种需要，特别是逢年过节带着老婆孩子几个人的需要。前面大梁上可以挤挤坐两个孩子，后座上妈妈还可以抱一个，车把两边和大梁两边都可以挂礼物，既方便又风光。

一米六还不到的瘦小的王老师即使学会了骑车，通常也需要有人扶上车，有人扶下车。每次他下班快到家门口时提前大声吆喝，英子妈就赶紧出来迎接，帮他把车子支住，他从车子上跳下来，像猴子从树上跳下来一样。如果英子妈出来得不及时怎么办呢？他也是有办法的，可以骑着车子在家门口绕一圈或几圈再回来。兜圈子并不总是随心所欲的，好在他家门口有棵大槐树，他可以骑过去抱住树，这样既终止自己的行程，又不至于发生什么危险的事。有一次王老师兜的圈子太多了，失去了准头，车子撞到树上，把他弹到地上，擦伤了好几处。为此，英子舅舅从我们村拉了一车麦秸，在英子家门口垛了一个结结实实又美观的小草垛，专供王老师不时之需。

可惜这种贴心的小草垛不是随时随地都有的。有一天下午放学，王老师骑车去镇上买东西。我们学校在镇东头的小山坡上，到镇中心需要经过一段长长的下坡路，下坡路的尽头是一道河渠，上面铺着几块大石板。据说当时学生比较多，王老师像飞虎队一样从坡上冲下来，嘴里大声吆喝让路，学生左躲右闪，但王老师最后还是车子一歪，摔出了石板设定的安全界限，连人带车栽进了河渠里，引起一阵惊呼和骚乱。几个会游泳的学生连忙跳下去，像捞落汤鸡一样把王老师架上来。

王老师厚厚的眼镜被撞飞了，翻着白眼茫然地看着周围，头发上粘着几根水草。就在大家以为他撞傻了的时候，他出声了："大金鹿呢？"于是又有几个学生跳下水去。被拽上来的大金鹿车把撞歪了，像闯了祸的下属，凄惶地趴在地上淌着冷汗。英子妈很快得到了消息，迈开大长腿一阵风地从家里跑下来，仿佛女英雄单枪匹马勇闯敌阵，扒拉开围着的学生，一个劲儿地安抚王老师。湿了水的王老师越发地瘦小了，一副可怜巴巴的样子。在反复确认王老师没什么状况后，英子妈像穆桂英救杨宗保一样把王老师背回了家。

老　胡

　　白寡妇自然是个寡妇，但并不姓白。这个外号是村里一些粗俗的光棍儿起的，村里的人通常叫她老胡。老胡多年前嫁到我们村，后来成了寡妇，也没有儿女。没有儿女拖累的中年寡妇是很容易再嫁的，况且老胡很白净，个子高挑。我们村有不少光棍儿，不过老胡一个也没看上，经媒人撮合，她嫁给了镇上一个七十多岁的老光棍儿。确切地说，是嫁给了副镇长的老爹。没过几年，她又成了寡妇，但得了镇上的一个宅子。她原来住在我们村边的三间土房里，现在得了镇中心的大宅子，大家都说老胡这次改嫁真是划算，就连那些一开始编排老胡嫁个糟老头子的人也有些羡慕了。

　　一个坐拥镇中心老宅子的寡妇，似乎有了进一步改嫁的本钱，况且没有儿女拖累。老胡这几年虽然伺候一个老头子，但吃喝无忧，养得越发白净了。但老胡似乎没有改嫁的打算，一个人过得很舒服，媒婆几次上门都无功而返。每逢赶集，她家门口那条街就摆上很多卖东西的摊子，老胡一推门，就有一堆人招呼她："老胡，来只大烧鸡吧，热乎着呢！""老胡，你不是最喜欢吃我们家的水煎包吗？刚出锅的！""老胡，上次你托我给你进的时兴衣裳来了，过来试试吧！"……大家都知道老胡手里有钱，副镇长的老爹原来是个退休教师，工资卡一直把在老胡手里，老胡肯定落下不少。老胡冲大家大方一笑，挨个儿买了些特色小吃，又试了新衣服，扭身进了大宅子，引来大家一阵感慨。

就在大家以为老胡安心做寡妇的时候，传来一个小道消息，老胡跟一个台湾老头儿住在一起了。那几年各村有很多从台湾回来的寻根老头儿，三四十年没能见到家乡——简直就是那首名诗"少小离家老大回"的翻版，一个个在村口哭得鼻涕一把泪一把，把西装和领带都弄湿了。这些器宇轩昂的台湾老头儿一下子把我们村老头儿的平均水平拉高了一大截，他们其实小时候都是在一起玩泥巴的。当然真正的亮点是这些台湾老头儿手指上金闪闪的戒指，用我们村的行话叫"金镏子""金嘎子"，有的老头儿脖子上、手腕上还套着一个大金圈子。这些台湾老头儿的影响力不亚于原子弹，把我们村炸得鸡飞狗跳。他们走到哪儿，身前身后都围着一群人，最里层的当然是本家的。本家固然引以为荣，但主要的任务是看着老头儿们，因为他们心太软了，随便一个老太太到眼前叙叙旧抹抹眼泪，他们就可能掏出钱来，甚至一不小心掏出个金镏子来。最后本家们干脆把这些台湾老头儿圈在家里，盯紧了不让他们出门，直到老头儿把带回来的宝贝全部交出来。那一阵儿，我们村一下子多了许多趾高气扬戴金镏子、金嘎子满大街转悠的人，有的恨不能十个手指头都戴上，我们村简直称得上金碧辉煌了。还有人会得意地亮出几张美元，虽然村里小卖部根本消化不了这些。

　　有的台湾老头儿回来看看就打道回府了，算是了却一桩陈年心愿，毕竟主要身家都在那边；有的老头儿儿孙也满堂了，发现陈年老伴儿还在苦等，感动之余会往返多次；有的老头儿爱上了这种火热的亲情，特别是在那边混得一般，便打算在故乡住上几年再回去，或者干脆就不回去了。后一种情况的台湾老头儿立刻吸引了很多媒婆，老胡就是在这种时代氛围中跟一个快八十岁的台湾老头儿走到了一起。没有婚姻的约束，不求天长地久，完全是你情我愿，各取所需，珍惜每一天。据说老胡的台湾老头儿对她极好，老胡当然也尽力服侍。老胡的衣食住行跟在镇上时又有大不同，据媒婆王三娘说，简直就是画中人。老胡站在太阳底下，远看浑身金光闪闪，刺得对面的人都睁不开眼；走近老胡，一阵香气顶住鼻子，简直能让你背过气儿去；如果你有幸跟老胡说句话，老胡的地瓜味儿的乡音里掺着一股香糯米的台湾味儿，让你的耳朵发麻发痒。

　　老胡陪着台湾老头儿到处去旅游，住高级宾馆，吃海参鲍鱼。当然，这里面可能有夸张的想象成分，但大家都愿意这样去想象，也愿意这样去谈论。反正有那么两三年的时间，老胡一直不在镇上。有一天老胡重新出现在镇上，胳膊挽着个金闪闪的老头儿，亲亲热热地走着，自自然然地跟大家打招呼，在大家滚烫的注视下，一直走进了她镇上的大宅子。几乎所有人都以为这老头儿就是跟老胡在一起两三年的台湾老头儿，但王三娘坚决否认，说如果这老头儿是那老头儿，她就当众把自己的头拧下来。王三娘的话当然有说服力，因为她是当事的媒婆，媒婆的眼睛是多么毒辣呀。经过王三娘的一番启发，大家也逐渐醒悟过来，这个精神抖擞挽着老胡在镇上走的老头儿最多六七十岁，怎么也不像七老八十的样子呀。可见这里面有故事有曲折呀。

　　还没等百事通邻居二哥跑到镇上，镇上的新闻专家们已经搞清楚了。老胡原来的那个台湾老头儿去世了，也算实现了叶落归根的夙愿。临终前，他念及这几年老胡的陪伴，惺惺相惜，把所有的或者说仅存的东西都留给了老胡，老胡也仁至义尽，出钱把老头儿体面安葬了。在老头儿的葬礼上，她遇到了老头儿的战友，一见如故，你情我愿。

　　有人从三纲五常的高度，质疑老胡把台湾老头儿领回家，副镇长难道就坐视不理吗？这个有高度的质疑立刻引起一阵共鸣，大家几乎可以想象老胡和台湾老头儿被打出门去的情形。可惜接下来几天，老胡依然和台湾老头儿成双成对地出出入入，没有受到一点儿干扰。镇上的爱打听的人很快为大家解惑：台湾老头儿带来了招商引资项目，副镇长是负责招商引资的领导，老胡成了我们镇招商引资的牵线人，各方于是和平共处。

　　每个时代都有自己的弄潮儿，老胡就是其中一个。在那个台湾老头儿寻根的黄金时代，老胡成了我们那一带著名的"人桥"——帮助众多台湾同胞梦寻故土，借力台湾资金改善当地经济。我这么说，并没有调侃老胡的意思。老胡后来一直跟第二个台湾老头儿在一起，那老头儿身子骨硬朗，也真心为家乡做贡献。终于有一天，老头儿要回台湾了。天下没有不散的筵席，但老头儿说可以带老胡去台湾继续吃宴席，他那边的老伴儿已经不在了，儿孙们也不会说什么。老胡大为感动，收拾收拾细软一大早跟着老头儿去了车站，我们整个镇还没人去过台湾呢。不过中午的时候，老胡又一个人回来了，她说怕吃不惯台湾饭，担心那里没有卖水煎包和大烧鸡的。

懵　汉

　　懵汉的真实名字我不知道，反正大家都叫他懵汉。懵汉走路一撞一撞的，有时会碰到人，有时会碰到树和石头。他家的地跟我们家挨着，偶尔懵汉会扛着一把铁锄去锄地，玉米地里有些草，懵汉胡乱锄草，脆嫩的玉米秧子倒了一地。我们赶紧拦着他，"懵汉，你注意点儿啊，别把我们家的玉米给锄倒了！你回家吧，我们顺便帮你锄锄就行。"他于是哼哧哼哧地走了。懵汉看东西的时候，会贴到眼睛上看，简直要把眼珠子戳破。据说他的近视达到两千多度，但他一个不识字的老光棍儿汉戴啥眼镜呢？在我们村里，如果你是个教书先生或者考上了大学，你戴个眼镜说得过去，如果你啥也没考上，只考成了个近视眼，简直就是个笑话。眼镜是知识的标志。再说了，他和老娘一起勉强度日，也没人给他配眼镜。如果不是村里加上本家和他嫁到邻村的姐姐帮衬着，他可能都吃不上饭。

每逢集日，他姐姐就一拐一拐地来送东西。我从来没有见过一个内八字那么厉害的人，两只脚完全朝里勾着，走起路来像只瘸脚的大鹅。但她就那么坚持走着，还挎着一个沉重的篮子。在我幼时的记忆里，她是一个极其勇敢的女人，沿途忍受一些坏孩子的嘲讽："歪把子，歪把子！"她丝毫不为所动，坚持走她的路。我想若是换了我，有那样的一双脚，一定不会出门的。懵汉的家就在我们家斜对面，他姐姐是个矮个子，每次走到大门口，都要使劲儿地推开两扇木门，艰难地把脚抬高。

　　据说懵汉早年曾经为村里立过一功。有一阵子流行养羊，生产队派他去村南放羊。早晨他赶出去一群，傍晚他赶回来两群，大家都很惊喜，纷纷问他："懵汉，你这是从哪里赶回来的羊？"他懵懵懂懂："就是早晨赶出去的羊啊，我让它们在村南地边吃草，怎么啦？"过了一会儿，南村来了几个人，气势汹汹地说我们村偷了他们的羊。大队长把懵汉推出去："这是我们村放羊的懵汉，你问问他，偷你们村羊了吗？"懵汉连忙摆手："没偷没偷，我就在村南头放羊，哪儿也没去，我眼不好使，走路都怕摔倒，怎么会去偷你们的羊？"懵汉的确是问心无愧，南村的人见他近乎是个瞎子，不好计较，也没有证据，只好回去了。大家偷偷议论，南村的羊吃草过了村界，混到我们村的羊群，懵汉眼不好使，分不清多少，于是就把南村的羊一并给赶回来了。无论如何，懵汉为村里立了功，年底多分了两袋子粮食。

懵汉家的房子是我们那周围非常气派的一个大屋，小学期间倡导学雷锋做好事，我们小组分到懵汉家，曾进去看过。他家的门又大又沉重，每扇门中间都有一个大铁环，铁环的顶端是个狮子头，很威风的样子。门槛比一般人家的都要高、都要厚，必须高高地抬腿才能进去。推开大门，首先是一道影壁墙，上面画着一些彩色山水，有些地方被雨水冲得模糊了。大门右拐，进到一个宽敞的大院子，里面分散种着几棵大树，看上去很有些年头了，但并不怎么旺盛。院子里堆了些草，还有些木棍子，大概是懵汉捡回来烧火的。我曾经看到他去村南边的树林里捡树枝，不过他眼睛近乎瞎了，只是胡乱捡。为了解决懵汉家冬天烧柴火的困难，我们小组还曾专门去帮他捡过树枝和树叶呢。

懵汉的母亲几乎不出门，我怀疑她跟土炕长在了一起。我们进去帮忙打扫卫生的时候，她要么在炕上坐着，要么在炕上躺着，看上去小小的一团。屋子里黑乎乎的，有股霉味儿，不过倒是很宽绰。我提议道："王奶奶，把窗子开开透透气吧，老师说新鲜空气对身体有好处。"她有些迟疑，小曼手脚麻利地把窗户打开，大家都舒了一口气。懵汉的母亲，也就是王老太也轻轻舒了一口气，阳光照在她的脸上，我有些奇怪，她居然没有一般老太太的苍老。小曼也注意到了，说："王奶奶，你比我奶奶看着年轻多了！我奶奶不到七十岁，脸上皱皱巴巴的，你不是快八十岁了吗？看上去没多少皱皱呢！"王老太轻轻笑了笑，没说什么，招呼我们吃炒花生和瓜子，说是她女儿前天刚买的。

我带着这个疑问回家问母亲，母亲没解答皱纹的事，但告诉我懵汉的爷爷曾是我们这周边的大富户。据说某年懵汉的爹去了海外，本来要带大老婆也就是王老太的，但王老太是个孝女，不忍心抛下老娘，上了船又下来了，于是换了小老婆上船。懵汉的两个哥哥随着走了，姐姐是小老婆生的，因为腿有残疾，加上船票紧张，就被留下跟着王老太了。懵汉当时还差几个月才出生，估计王老太伤心过度，懵汉发育不太好，生下来就是个病秧子。

小时候我经常期望某天我们家翻新房子的时候，从墙缝里或屋梁上发现一个神秘包裹，里面保存着我们家族久远的秘密。可惜我的爷爷只是一个贫农，我的祖上好像没有什么值得探究的宝藏。虽然有一本家谱，不过我从来没看到，我的名字肯定也没在上面，这是男权社会的通行证。我有一次去徐州开会，参观那里从地底下闪耀着的刘姓的荣光，我吃惊地发现，原来我不像自己想象中的那么朴实。仅仅一个姓氏就可以让人滋生贪念，充分说明人性的脆弱。

既然我们家的历史没有什么可考究的，我就转向了懵汉的家族史。我去老奶奶们扎堆晒太阳的地方，用现在所谓的口述史的田野调查方法，打听到关于懵汉爷爷的一些故事，版本当然不完全一样，但总的来说，懵汉爷爷作为一个富户，对雇工们不怎么苛刻，平时自己也比较省吃俭用。

　　其中一个广为流传的故事是：有一天我们镇上来了几个有钱的外地人，他们在酒馆里吃饭的时候点了一大盘芝麻饼，边吃边掉芝麻，桌子对面衣着朴素的老头儿不断地捡他们掉到桌上的芝麻吃。最后那几个人忍不住了，"老头儿，你想吃芝麻饼我们就给你买，别这么低三下四的！"老头儿笑了笑说："我不是缺吃的，我是心疼芝麻别浪费了，我家里仓库有好多芝麻呢！"那几个人显然不信，"老头儿你别吹牛，我们几个就是来收芝麻的，芝麻多金贵啊，你仓库里有多少？"那老头就是懵汉的爷爷，后来那几个人跟着懵汉的爷爷来到我们村，进了仓库，果然发现一麻袋一麻袋的芝麻堆着呢。

　　还有一个故事是：有一年干完活了，雇工们围坐一起，懵汉爷爷让人端出一笼一笼的白面大馒头，摆在桌子上，说可以尽情吃，吃饱了还可以带一个回家！雇工们自然一片欢呼。吃到一半，懵汉爷爷又让人端出一大笼黑面馒头，可是没有人肯吃。一来大家都吃得差不多了，二来有了白面，谁还想吃黑面呀。临走的时候，大家都拿了一个热乎乎、白嫩嫩的大馒头，懵汉爷爷说："每个人再加一个黑面的吧，大家辛苦一年了！"于是所有人都千恩万谢地走了。半路上，有个人咬了一口黑面馒头，忽然大叫起来。大家以为那黑面馒头有问题，刚要扔，那人捶胸喊道："我们真是蠢啊，这个黑面馒头原来是个栗子面馒头啊，一辈子也难吃到的栗子面馒头啊！"大家一听，都懊悔不已。

懵汉虽然没有继承什么家产，不过也没受什么罪，他一个半瞎子守着一个老娘，靠着多方的照顾，也算是平安度日。老娘去世后，村里把他划到五保户，他于是搬到村小学旁边的五保户小院里，跟几个无儿无女的老头儿老太太生活在一起。有一次他出门后一直没回来，几天后被人发现死于村头的一口枯井中，也许是走路看不清，掉了进去。本家一个小伙子下去把他背了上来。他蜷缩着像个虾米，眼睛紧闭着，不用再费力去看这个世界。

床前明月光

　　床前明月光大概是中国最著名的一道光，一直照进中国人的脑回沟里，很多人甚至在母腹里就听说了这道光。就凭这一点，李白完全称得上是国民诗人。我是在鸡鸣村读学前班（当时叫育红班）才知道的，不过因为它太容易"上头"了，想不记住都很难。所以你多少能理解，听到一个人当众宣布说"床前明月光"是他写的时，我那种诧异的心情。

　　很多年前的一天，我在国家图书馆的珍藏馆查阅资料。来这里的人并不多，一旦某本书被珍藏起来，要看它就很难了。它简直成了绣楼上的小姐，要去拜见她，需专人通报，专人扶出，看时还有专人监管。看的时候不能拍照，只能抄写。有的虽可以拍照，但收费颇高，据说它脆弱得很，经不起折腾。我有一次曾问一个胖胖的管理员："为什么不能把原本珍藏起来，提供几个复印本供读者查阅？这样一方面方便读者，一方面也有利于保存？"管理员很奇怪地看了我一眼，我觉出了她眼角扫来的鄙夷和不屑。

为了找书，我曾去过国内外很多图书馆。有时为了一个注释，我甚至体会到了"上穷碧落下黄泉"的那种长情。我喜欢直接走进某个幽深的图书馆里，就像走进一片幽深的丛林，一排排的书架立在那里，犹如一排排的参天大树。风从窗户里吹进来，它们发出树叶般的回应。你看那些泛黄脱落的书页，就是凋落的黄叶。我喜欢一个人在里面静静地待着，或坐或站，可惜不能躺着。你从书架上取下一本书，打开它，便开启一段奇妙的情缘。如果只是从别人的嘴里听说过它，它跟你就只是萍水相逢，可是你跟它握过手，敞开心扉聊过天，那它就不一样了，你一辈子都忘不了它，甚至会记得你们相遇的那个天气，那个氛围。如果你为它欢笑或流泪，它就成了你的一个密友。

但这种只可远观的国图珍藏馆，自然是没有什么密友之情的。那天，就在我低头准备抄写之时，一阵洪亮的男高音迎面扑来，声音里带着自信和一种莫名的期待。我抬起头，只见一个器宇轩昂的中年男子，迈着有力的步子，边走便问："请问这是珍藏馆吧？"桌子后面年轻清瘦的女馆员点点头说："是的。请问您想查阅什么资料？"该男子走到桌子旁，一开始没有说什么资料，而是自我介绍："你好！我是一名诗人。"女馆员点点头，表示知道了。这似乎有点儿出乎该男子的意料，看他微微一愣的表情，我想他有点儿失落。或者在他预期中，报上诗人这个名号，就应该收到一个大大的惊叹，特别是来自年轻女性的惊叹。但显然，年轻的女馆员对诗人这个名号不感兴趣。也有可能，她生活在首都，见多识广，自有一种沉稳的气质。我们老家有一句俗话，叫"钟鼓楼里的麻雀"，意思是见多不怪。看到女馆员爱搭不理的样子，中年男子进一步解释道："你知道《乌苏里船歌》吗？那是我写的。"说罢他稍一酝酿情绪，清了清嗓子，便声情并茂地唱了几句——"乌苏里江水长又长，蓝蓝的江水起波浪……"一边唱，一边将右臂极有表现力地伸展开去，仿佛指尖已经触到那起了波浪的江水。我一听，不禁起了几分敬意，毕竟这歌还是很经典的，我一个朋友每次聚餐都喜欢唱这首歌，比起我那朋友，这中年男子的歌喉还真不错。但女馆员头也没抬，只是敷衍地哦了一声。中年男子锲而不舍地又问："你知道《×××》和《×××》吗？就是收进中学课本里的两首诗，那也是我写的。"因为他说得很快，我没听清，但看他神情，是极其认真的。我想换作是我，一定会抬头表示敬意的。中国有世界上最庞大的中学生队伍，能够享有全国中学生这个阅读群体，在中学课本的宝盒里谋到一席之地，那可不是件容易的事。你不但要写得好，还要通过一道道安检，即使是至圣先师，也不是能经得起所有时代的考验的。可惜那女馆员实在是寡淡之人，仍然没抬头。中年男子似乎有点儿伤了自尊，又进一步说："你知道'床前明月光'吧？那也是我写的。"我定力不够，悚然一惊，继而问他："你怎么确定是你写的呢？"听到终于有人回应了，中年男子松了一口气，转过身来对我说："我今天就是为这事来的。"他脸上露出一位研究者的认真，"我今天来是想把《宋诗全集》从头到尾查一遍，如果没有找到这首诗，就证明是我写的。"我刚要说什么，那年轻的女馆员淡定地站起来，彬彬有礼地说："请您跟我来，我去给您取书。"于是那男子就跟着走了，临走时还颇有礼貌地冲我点点头，我也冲他点点头。

接下来的几个小时，中年男子都在靠窗的桌子边孜孜不倦地查阅资料。随着时间的流逝，我能感觉出他的欣喜在不断增长，那个大胆假设、小心求证的结果呼之欲出。终于，闭馆的时候，他满意地站起来，步履轻盈走到还书处，刚要说什么，女馆员抢先一步，冲他点点头："祝贺你。"他于是只好看看我，我攒了二十几年的学术良知告诉我，我不能祝贺他。

但我觉得似乎应该说点儿什么——在他如此期待的目光中。如同一个自我感觉演出成功的名角，却没有收获预期中的台下掌声，此时他大概只体会到了人世的冷漠与残忍。我想了想，拿出一个从别处听来的外国笑话，如同拿出一束失了水分的花，献给一个落寞的演员："你听说过一个故事吗？"他有些茫然，不知道该不该接过这束来自台下的莫名其妙的礼物。我接着说："话说有一个人老觉得自己是颗谷粒，而且整天很害怕，担心会被鸡吃掉。家人把他送到医院，医生竭力让他相信，他不是颗谷粒而是个男人。有一天，他终于被说服了，离开了医院，但很快他又回来了，且浑身发抖。原来出门遇到一只鸡，他害怕鸡会吃掉他。'我亲爱的朋友，'医生劝导他，'你很清楚，你不是颗谷粒，而是个男人。''我当然知道，'那病人说，'可是那只鸡不知道啊！'"

中年男子听后，急切地说："是啊，那只鸡不知道啊，关键得让那只鸡知道才行！"旁边的女馆员淡淡地插话："既然那个男人都知道自己不是颗谷粒，那只鸡肯定也知道了，全世界的鸡也都会知道。"我赞赏地说："是啊，如此一来，那个男人的病就会好了，浑身通畅，有了行走天下的自由。或者，过些日子，他还会有能力径直走进肯德基，点一个豪华鸡桶。如果按照这个逻辑进行下去，他某一天还可以背起猎枪，到山林里去打野鸡呢！"

那一刻，我真心喜欢这个女馆员，甚至想邀请她一起吃个饭聊聊天。可惜她说完话，收拾好桌上的东西，没再瞧我们一眼，转身走了。在众多麻雀一般聚在一起聊天的女馆员中，她是多么别致啊。不该说话的时候，像一个冰美人；不得不说话的时候，则像个哲人。她纤细的背影，仿佛随时都可以翩然飞舞。我瞅瞅自己沉重的肉身，忽然有些自卑。中年男子仿佛还站在舞台上没下来，犹如一个谷粒王子，陷入了沉思。我耳边响起古老的箴言："不要照愚昧人的愚妄话回答他，恐怕你与他一样。要照愚昧人的愚妄话回答他，免得他自以为有智慧。"年轻超然的女馆员，显然是得了几分真传的。

荒诞派文学

　　欧美文学老师在课堂上讲授荒诞派文学的时候，我深有同感。以我有限的人生体验而言，这个世界有时候真是太荒诞了、太不可理喻了。荒诞派，这个词具有不可言喻的直击人心的力量，从声音到字形到词义，凭借怪诞不经在宇宙中具有不容置疑之存在合理性，犹如一支奇形怪状之箭精准地射中靶心。由此我觉得文科生也不是那么无用的，只要你抢占一个山头，立起一杆大旗，上面印着一个恰如其分的名称，你就是一山之王，观念之王。

　　作为鸡鸣村为数不多的大学生，我一直靠努力弥补天分的不足。大学毕业后我下决心要去啃一群在文学史上扬名的人，写一大堆论文，占一座小山头为王，衣食无忧。四下一看，昆仑山、五大岳早就有人占了，就连一些省级山、市级山、县级山都有人占了，我只能感慨生不逢时，如果早出生一百年，我就不需要这么辛苦了，那时大家的抢占意识很弱。不但抢占意识弱，版权意识也很弱。我为了写论文，辛辛苦苦翻阅那些旧报纸旧期刊，发现当时很多人写小说写诗就署一个字，什么"刚""建""文""中"……你就是想研究他们都不行，根本不知道是张三还是李四。我一方面为他们感到惋惜，一方面也为自己感到惋惜。等我研究生毕业的时候，论文刚发了一两篇勉强凑数，连我们学校后面的那座小山都被学者抢占了。我刚想到"山川"二字的关联性时，上网一搜，才发现大江小河里已经挤满了戴各色帽子的学者，一个无名小卒根本插不进脚去。

但我一只脚已经踏上这条名为学术的羊肠小路了，想抽身而退已经不大可能了。我年过三十，埋头翻阅发黄旧报刊的时候，已经错过了选择其他行当的好时机。去街头卖小吃也不现实，旧报刊已经像榨汁机一样榨去了我相当一部分体力和精力。听说现在很多人养一条狗或一群狗（这里狗可以替换为猫、鼠、猪等），然后开直播，靠阿猫阿狗活着，我不得不说这是一个富有创意的产业，也深感于动物对人类的善意，因此也不时地贡献一些点击量。不过我想这条生路目前只能作为一个备胎，等我五十岁以后再说吧。

我决心在无数伟大的学术前辈们面前，挤出一条一厘米左右宽的小路求生存。虽然论文答辩的时候，有个教授骂我们这些不成器的后辈："可笑之至！填补针尖那么大的空白也能叫填补学术空白?!"我当时只能腹诽:"当然,针尖大的空白也是空白,是可以让我们活下去的空白啊。"

在经过好多个日夜的思考后,我终于激发出了学术研究的重要能力——命名的能力。上学时一位颇有成就的教授曾启发我们,学术研究的一个基本目标也是一个至高境界便是能够对于一种现象提出概念性的命名,我对此深以为然。事实上,古往今来那些稳坐各大山头的贤能们,哪一个不是命名的高手?名正才能言顺,言顺才能万古流芳。亚当作为第一个人,就凭他能给各种动物命名这一点,吃分别善恶树的果子之前绝非无知无识懵懂之辈,这是我对失乐园故事的理解,交作业时老师因此给了我一个优,说我有独特见解,敢于质疑老师。现在看来,我在写那篇作业时,内心深处渴慕的不是一个好成绩,而是对亚当作为第一个人拥有随意命名权的艳羡。

我靠着西方荒诞派文学带给我的启发,认为中国文学中存在一个类荒诞派文学,具体可以称之为狗蛋派文学。这个命名的提出,得益于我小时候看到的一则小故事带给我的人生启发,而且我平时习惯私底下把那些不可理喻的人或事称作狗蛋,比如这是个狗蛋的人,这件事真狗蛋。你不要据此就认为我是一个粗俗的人,事实上,我认为用狗蛋派指称某一类当代文学,不但很契合,而且有哲理的高度。

时间太久了，这个故事我只记住了大意：从前有一只城里狗，随主人到乡下的亲戚家做客。乡下亲戚家里养着一只母鸡，蹲在鸡窝里下了一个蛋，乡下亲戚用鸡蛋做了一碗鸡蛋面招待客人。城里狗看到乡下母鸡的做法，也跑到鸡窝里蹲着，希望能下个蛋，并吃上鲜美的鸡蛋面。结果蹲了半天，也没有下出蛋来，当然也没吃上鸡蛋面。这个故事给我留下了深刻的印象，从此我便得了一个描述虚妄东西的专有名词：狗蛋。

　　俗话说，秦桧也有三个好朋友。时至今日，我至少有一个朋友是认可我这个命名的，我因此也有了进一步阐释文学史的勇气。的确，命名力只是万里长征的第一步，只是我求得生存空间的第一步，接下来还需要解释力，才能巩固住自己那方圆一厘米的小山头。

　　随着年岁的增加，我越来越感觉到，人生必备的一项重要能力是解释力。面对同一个生死攸关的问题，有了解释力极有可能就有了活路，没有解释力则可能只能等死。我有时困惑为什么一些坏蛋能活很久，尤其涉及男女关系的情节，也可能是某些坏蛋本身具有强大的解释力，临危之际足以摇动人心的解释力，被逼到墙角依然能钻墙而出的破解力，因为很多时候人们真正需要的不是事实，而是对事实的解释，一个需要说服自己活下去的理由。

一个高明的学者无疑是一个对事件具有强大解释力的人，如果加上穿透表象的洞察力，就无敌了。我在上大学时，曾一度被一些貌似具有解释力的流行研究成果所迷惑，后来发现不少只是在玩弄文字游戏，作者说些自己都不知道什么意思的鬼话，让读者以为自己水平不够看不懂而产生仰慕之心。还有的只是在贩卖外国人的一些想法，靠小偷小摸混江湖。我一个朋友曾告诫我说，有些学者只是书皮党人，他们精通了外语，便利地接触到外国人出的新书，不花时间看里面内容，只读了书皮上的观点，就迅速转换成中文，置换为自己的学术思想，在国内招摇过市，但终究会被人发现的。

　　我英语水平不够，自然当不了书皮党人，只能在母语中寻求学术的命名力和解释力。为此我走南闯北，遍访各大图书馆和资料室，寻找能为我的学术命名提供支持的文学史材料。我惊讶地发现，材料不是太少了，而是太多了。当然，我始终保持着学术研究者应有的清醒，尽量不犯主题先行的毛病。为此，面对一个材料，即使看上去再真实诱人，我也大公无私地把自己像豆荚那样分裂成两瓣，互相诘问，质疑论辩，直至确定材料稳固可靠，才纳入囊中。随着学术囊袋越来越充实，我也变得越来越稳健，犹如江湖儿女经历了从刚下山到饱经沧桑的历练过程，手中的兵器慢慢地有点儿得心应手了。

　　让我告诉你吧，我上周终于评上副教授了。以后外出开学术会议的时候，某些好心的主持人会称我刘教授，我也不打算在发言时较真儿说我只是个副教授，那样未免有些矫情，毕竟开会的人中也有些人是副教授。我也不想谈职称含金量的问题，在全国五湖四海数量庞大的高校教师群体中，含金量是个含混不清的东西，当然如果真要在天平上称一称，我不能保证自己会达到平均线，不过谁关心呢？我更在乎的是给权威期刊投稿的时候，我不用因为单单不是副教授而被退稿了；申报高级课题的时候，也不再额外需要两名资深推荐人了。我凭借方圆一厘米的小山头获得了学术和做人的自由，下一步我还要继续研究我提出的具有学术创新价值的狗蛋派文学，借鉴学界研究西方荒诞派文学的成果，并运用跨民族、跨语言、跨文化的比较文学研究方法，将荒诞派文学和狗蛋派文学的异同之处加以比较分析，逐渐将整个山头拓展到方圆两厘米，巩固我在学界的学术地位……

最可爱的人

　　在学习《谁是最可爱的人》这篇中学课文之前，我其实早就有答案了。我第一次读到时，内心的激动和共鸣是真实的。这篇文章写于 1951 年，后来广泛传诵，影响深远。等到20 年后我出生时，它其中的精义早已挥发散播开来。所以丝毫不奇怪，为什么我还没上学，还没读到它，就已经对里面的气息很熟悉了。

　　挂历上的巨幅照片是时代的脸面，只有那些最具代表性的面孔才会出现在挂历中。我至今仍记得，有一年我们鸡鸣村家家户户的墙上都贴着那些光荣的人民解放军的巨幅照片。春节期间，我和几个小伙伴坐在炕上聊天，周围是一群神采奕奕、英俊非凡的英雄。忽然有人提议，每个人选择一个英雄作为自己将来的结婚对象。这个提议立刻引起热烈的回应，于是我们像绣楼上的小姐，纷纷开始抛球。董存瑞、黄继光……似乎每个英雄都有足够的理由被选中，可惜每个人只能选一个。一阵指认之下，英雄们很快被抢光。我记不得自己当时选了谁，其实选谁都差不多，英雄们样貌气质是相似的，伟业也是旗鼓相当的。选完之后，大家心满意足，仿佛真的终身有托一样。

儿时游戏似乎是个隐喻，因为它至少影响了我此后近二十年的男性观。在孤独漫长的少年和青年时代，我对于穿军装的人都有一种难以言说的向往。换言之，只有穿军装的成年男性才会让我真正心动。那时每年村里都会有一些年轻人被选去参军当兵，平凡无奇的人穿上军装后，忽然便鹤立鸡群，让人刮目相看。有一个比我大几岁的远房堂兄也被选上了，那一天他焕发出迷人的风采。临别时他冲我微微一笑，我顿时觉得心惊肉跳。阳光照在他身上，他像极了贴在墙上的那些英雄，有那么一刻，我甚至以为将来要嫁的人就是他。但两年后他从部队转业回来，我吃惊地发现所有的想象都是荒诞的，脱下那身军装，他样貌谈吐对我没有丝毫吸引力。为此，我暗暗恼怒失望了好长一段时间。

刚上初中时，有一天学校里突然来了一群老山战斗英雄。各年级坐在大操场上，黑压压的一片，台上一排穿军装的英雄，要给师生们作报告。我作为班长，除了维持本班秩序外，还有一个特别任务，就是上台从英雄们手中取过一盒压缩饼干，并分发给每个同学尝尝，这压缩饼干是英雄们在战斗时用来充饥的。第一次近距离接触英雄，我觉得头有点儿晕。一贯的节制让我没有抬头仔细打量，只看到一双粗糙而坚强的大手。下台后我有点儿后悔，为什么我刚才没有抓住机会，跟英雄握一下手呢？更让我懊恼的是，由于同学太多，最后我竟然没有尝到那双手递过来的压缩饼干。虽然尝过的人说一点儿也不好吃，可是他们那种得了便宜还卖乖的嘴脸令我生气。为什么他们不能少尝一点儿，给后面的人留机会呢？好在我还保留了那个盒子，否则那双大手跟我的最后一点儿联结也要被剪断了。

这次老山战斗英雄们的报告极其成功，我们学校最漂亮的女老师当场决定嫁给为首的英雄。为首的英雄坐在轮椅里，但他口才极佳，面孔也很英俊。他激动地接受了女老师的献花和表白，全场欢声雷动。受此鼓舞，报告会结束后的座谈会上，又有几位年轻的女老师决定嫁给几位年轻的英雄。这一成果很快见了报，校长也为此受到了县领导的表扬。几天后，在英雄们返回部队之前，县领导亲自主持了隆重的集体婚礼。我那时为我的老师们感到无比骄傲，她们做到了我只存在于梦想中的事情。我还没有迈出一小步，她们已经完成了万里长征。从那以后，我把我的人生理想明确地定位成做一名人民教师。我希望将来有一天，也能像我的老师一样，当众宣布嫁给一位战斗英雄。我把献花和誓言交给他，他则把幸福递到我手中。

可惜后来我再没有机会近距离接触战斗英雄，这部分解释了我为什么没有嫁给一位战斗英雄。其他原因也有一些，比如大学毕业后我去看望以前的一位老师，她的丈夫也是当年老山英雄中的一位。那位老师一直住在校园里，我穿过当年英雄们作报告的台子，心情还有几分激动。见到老师后，我问起她这些年的状况。老师说她常年一个人带孩子，丈夫在部队，很少在家。里里外外都是她一个人操持，很辛苦，但也没有办法，再说也习惯了，毕竟这是自己的选择。看着他们结婚时的照片，平凡的我忽然萌生退意。

似乎命运看出了我的破绽，并要替我修补理想。工作后的一天，一位朋友带我参加了一个周末聚会，并为我介绍了一位在场的军区干部。如果可能，我们不但可以在同一个城市生活，我甚至可以住到军区大院里。我提起几分兴趣，饭后跟那位军区干部在马路上走了一段。令我吃惊的是，我们简单介绍完自己的大致状况后，就没有任何话题可以继续下去了。马路很宽，春景仍在，只是令人绝望，路旁的花似乎是假花，鸟儿躲在树丛里，尴尬地叫了几声。马路看起来很长，没想到我们走了几步，就到了世界的尽头。分别时，我看着那身军装，忽然觉得自己有些脱敏了。我能看着它不再心跳，能看着它平静地说："再见。下次不必再见了。"又过了几年，因为私人关系，我接触到其他一些军区干部，发现其中不乏多才多艺可爱有趣之士。直到那时我才知道，原来当年命运不是替我修补理想，而是要断了我的念想。

随着年龄增长，我跟军装渐行渐远，它回归到作为衣服的朴质本相，而我与英雄从来都只是隔岸相望。有一次我去鸭绿江边的某个城市开会，耳边忽然响起了小时候的流行歌曲："雄赳赳气昂昂，跨过鸭绿江……"昔日那些最可爱的人面容越来越模糊，他们的血肉之躯早已化作尘土。

我离开那个小城的清晨，天空高远，江水静流。日光之下，一切都是那么自然。

老　关

　　老叶是一个很任性的女人，她丈夫老关拿她一点儿办法也没有。她想走就走，家无非是个云游四海后落落脚的地方。大家都私下传说，如果老关没有在老叶跟他闹离婚前的那个晚上努力了一把，导致老叶气急败坏地生了个女儿，老关恐怕早就成个光棍儿了。伤害和痛苦是最好的老师，老关对女人自然有些深刻认识："女人嘛，必须得生孩子才拴得住，这是女人的天性。我要是早知道这个道理，让老叶生个十个八个孩子，她一天都甭想出去闹。年轻人啊，结了婚赶紧生孩子，家庭消停了，社会也稳定了，利国利民。以前一个家庭生十来个孩子，女人都老老实实地待着，现在女人不生孩子了，跑到外面跟男人争工作争地位，有闲心有闲钱满世界浪去。再这样下去，女人根本就不需要男人了，男人还怎么活？社会还怎么发展?！现在国家鼓励多生孩子多种树，这是对的，太对了！"

老关是我的老乡，他姥姥是我们村的，小时候走亲戚见过几次。前两年参加老乡会的时候，我们一聊天接上了头，原来大家还住同一个小区。我们小区比较大，至少有几万人，抵得上一个乡镇了，我和老关以前不知道是区友也不奇怪。小区南头是座小山，修建了一个环山公园，老关家就在公园旁边，所以我有机会听老关跟我控诉老叶的劣行以及他对女人的认知。

　　老关是个中学老师，看上去就是那种多年被书本和学生榨干了精气神儿的中年"灰气男"，倒是不油腻，身上连点儿肥膘和油腥都没有。见了老关，你会有一种感觉，油腻总比干巴多点儿人味。一个人如果连对美食的欲望都没有了，或者连养点儿肉的能力都没有了，跟僵尸有什么不同呢？我对时下流行的骨感美人没有什么向往，这当然可以用来解释我的体重为什么进入中年之后一直在胖和偏胖之间游移，但我觉得人生在世，连吃点儿喝点儿都要被一杆秤紧盯着、控诉着，那我还算是个人吗？我家里也有体重秤，但主要是用来告诉它我其实并不怎么在乎它。随着年龄的增长，在保持健康的前提下，没必要向三位数以下的体重看齐，而是顺应地心引力和其他自然规律，不要过倒行逆施的生活。

　　我没见过老叶，所有的印象都来自老关的控诉。普通人对"世界这么大，我想去看看"都有一种自然的同理心，我以为老关嫉妒老叶才这么说她，毕竟老关有时连寒暑假都被压榨了。"老关，老叶的工作性质比较自由，干设计的嘛，外出考察也是自然的，你不要那么说她。再说了，她毕竟是孩子的妈妈嘛。"我的劝慰激起了老关更强烈的愤慨："老乡啊，你是不知道啊，老叶对孩子根本就不上心啊，孩子还没生下来就要打掉，我都给她跪下了，她才肯生下来。生完孩子一个月她就跑了，这些年主要是我带孩子，老人给打打下手。她从外面回到家，刚刚脚沾地，孩子只要一哭闹她就摔锅摔碗，大骂自己猪油蒙了心才会生孩子，要不就骂我是头猪逼着她生孩子，骂完了拖着行李箱又跑了。唉，我怎么这么倒霉，摊上这么个老婆！"我有些好奇："老关，你不会上前拦着她呀？说服她留下来呀，毕竟是自己的家呀。"老关听了有些呆滞，说："我是个窝囊废呀，背地里骂她没问题，可是一见了她本人，我啥话都说不出来了。老乡你说，我是不是上辈子欠她的呀？"我只能叹口气，看来这是卤水点豆腐的又一案例了。

世界很小，基本上转三站就能遇到彼此认识的人，我把这个称作"三站不过冈"定律。比如我和老关，出生在相隔几十里的两个村子，看似这辈子不大可能有交集，但小时候因为他姥姥的关系，我们在一个小得不能再小的村里见过几面；长大后各自在南北相隔万里的城市读完大学；几年后又互相完全不知地到同一个城市工作。如果不是因为我们都认识同一个老乡，可能这辈子都不会遇见。但在某个春节后的一次老乡会上，我们神奇地接上了头，并很快有了他乡遇老乡的亲切感，老关于是把他家的老底都告诉了我。

因为曾同在鸡鸣村的天空下呼吸过，我希望老关能过得幸福，希望老关能跟老叶搞好关系。但我至今都没见过老叶，怎么撮合他们呢？其实我的焦虑是多余的，根据"三站不过冈"定律，只要我多等上几个月，机会就会来的。在我和老关接上头的下一个春节老乡会上，我又认识了一个老乡老鲁，而老鲁是老叶的好友。

事实上，我跟老鲁算得上一见如故。她称赞我为人随和，关键是个说话风趣而且不太靠谱的人。我听了有点儿吃惊，因为我一直觉得自己是个很中正的人，她是怎么看出我不靠谱的呢？不过随着我和老鲁的交往日深以及自我审视力度的加大，我越来越肯定她对我的评价是靠谱的。用老鲁的话说，我内心深处是不靠谱的，但我外在经常表现得比较靠谱，工作生活各方面也都比较规范有序；而她内心也是不靠谱的，外在表现大多数都是明显不靠谱，但在某些少数层面还是很靠谱的。老鲁为了形象地说明这个问题，跟我打了个比方。她说一个人的状况就像一套房子，我这个人呢，一进客厅，给人感觉比较整洁，家里经常拖地，厅里家具的摆设也比较规整，因为客厅是用来招待客人的，所以平时给人的感觉是比较靠谱；但如果继续往里走，就开始随意起来，特别是到了卧室，就比较凌乱了，卧室代表了我的自我深处，是放飞型的，很不靠谱的。老鲁说她自己呢，客厅、餐厅、厨房、卫生间包括卧室等，统统都很凌乱，但是卧室角上的那个小保险柜，里面的身份证护照存折啥的，都非常严谨地摆放着，锁也是最高级的，钥匙只有一把，随时放在她贴身内衣的小兜兜里，牢靠得很。

　　根据靠谱划分标准，我和老鲁的关系越来越近，很快就到了彼此分享秘密的密友层面。有一次我们话题扯到老关，老鲁神秘兮兮地告诉我，老叶有时会打电话给她，说起自己的行踪。我很靠谱地让老鲁劝劝老叶，家里还有个上中学的孩子呢，做人不能没点儿责任感啊。老鲁觉得老叶至今没跟老关离婚就很可以了，"你不知道老关，他简直就是个软蛋。老叶为什么刚到家就要走？就是因为受不了老关，里外都不行。老叶如果不是看在女儿的分儿上，早就把老关蹬了。老叶确实后悔生了孩子，给自己找了个绊子，狠不下心离婚，不想让孩子没个完整的家，在学校有压力。等孩子今年上了大学，老叶就跟老关离婚。这个也是老关同意的，老关如果出来说老叶，也是不厚道的。老叶喜欢有活气儿的男人，你看老关，跟个病猴似的。"老关朝我们俩走过来，像个病猴似的打招呼："老鲁，我知道你跟老叶关系好，你帮我劝劝她。"老鲁眼睛一翻："老关，你们夫妻之间的事，让我怎么劝?"老关只好尴尬地笑笑。

基于老乡的同情心，我还是希望老关能挽回老叶，"老关，一个巴掌拍不响，你有没有找找自己的原因?"老关瞬间有些激动，"我有啥原因? 我又当爹又当妈，学校的事儿又多。我就是太纵容老叶了，她老是在外面跑，把心都跑野了! 你看看，我被一地鸡毛的生活榨干了，她嫌弃我，我当然不如那些光鲜的男人养眼! 我也想光鲜哪，可是我没她那么自私啊。老乡，我跟你说，这个世界上，谁自私谁过得舒服，谁放不下责任谁就得倒霉! 老叶总说我是个庸俗之辈，没个性没魅力。大家都是念过几天书的人，谁不想彰显个性活出潇洒? 我算看透了，谁够狠，谁够自私，谁就有个性! 个性这个东西，跟责任心背道而驰。老乡，这个社会能正常运转，不就是靠我们这些平庸之辈的责任感吗? 上有父母下有子女，谁能说扔下就扔下? 说扔就扔的人当然就可以充分发挥他们的个性，可是如果大家都这样，世界不就乱套了吗?"老关越说越激动，眼睛里含着委屈的泪花，我竟不知道该怎么安慰他。

再次见到老关，是在又一年的老乡会上。虽然我已经从老鲁那里得知他跟老叶离婚了，老叶净身出户，但我装作不知道。倒是老关先提头跟我说了这事："老乡，我跟老叶离了。你不用安慰我，其实离了也没想象的那么难过，反倒都轻松了。"我只好跟着附和："就是。老关，强扭的瓜不甜，你以后会碰到跟你合适的。"老关顿了顿，悄声跟我说："老叶也不是坏人，不但啥都没要，临走时还转给我一大笔钱，说是这些年没照顾家庭，补偿我和女儿的。还说以前骂我不对，跟我道歉了，弄得我都不好意思骂她了。我问她以后住哪儿？她说四海为家，到哪儿说哪儿的事。还说自己根本就不适合家庭生活，独来独往惯了，让我赶紧找个人结婚过日子。"我陪着老关感慨："老叶真不错，只能说你们俩不合适，凑合了半辈子，都耽误了。以后该干啥干啥，互不相欠。"

情人节的玫瑰花

　　王桥算是我八竿子才能打到的一个鸡鸣村远亲，不过这不是我跟他关系疏离的主要原因。人和人相交深浅，主要还是看相互之间的气息通畅程度。

　　这天晚饭后，王桥出了门，磨磨蹭蹭地走向小区附近的花店。他希望卡在花店关门前到，又担心去太晚了，花店里的花都卖完了。好在花店不远，他内心的交战没有持续多久。进了店门，他一眼就看到柜台上还有两束玫瑰，花朵有点儿耷拉，像是两个弃妇。老板正在收拾东西准备关门，见来了客人，很热情地招呼："老兄，最后两束了，便宜卖给你！情人节了，没花怎么行呢？一年就这么一天，可别错过！"王桥问了问价格，最终还是只买了一束。老板咬了咬牙，决定把最后一束送给自己的老婆，"老兄，你也是送给老婆的吧？老婆再不好，看在洗衣服做饭带孩子的分儿上，今天好歹也得哄一哄嘛！"王桥拿着蔫儿了的玫瑰往回走，他这辈子再也不要什么老婆了。好不容易离了婚，今天要不是为了庆祝第十个单身年，他才不会买一束玫瑰呢，根本就不像想象的那么便宜，抠门的老板太坏了，简直就是奸商。看在情人节的分儿上，就不跟他计较了。

单身带给王桥的好处之一，就是完全可以按照自己的自由意志去生活，包括在情人节买一束不怎么新鲜的花。他本来不想结婚的，他早就预感到那个女人会离开他，可惜自己当时还是太年轻了，没坚持住。那个女人家里什么都不缺，怎么会看上他这个穷光蛋？据她自己说，看上了他的朴实和纯粹，一根筋得可爱。这肯定是胡扯，要不然结婚后怎么又嫌他一根筋，除了拿死工资，不会挣钱穷兮兮的？她就是小时候吃得太饱了，要啥有啥，婚前才说些不着边际的胡话。不过话说回来，你还能指望一个从小家境富有的女人智商有多高？他早就知道这样的女人靠不住，结婚不到三年就撑不住了，住在一个小破房子里哭哭啼啼、叽叽歪歪，早知如此何必当初？要不是自己脑子清醒，坚决不要孩子，现在世界上一定多了一个累赘。王桥一方面为自己当初的明智感到有些得意，一方面又对那个女人有些不屑。

不过把玫瑰献给自己是不是有点儿浪费？玫瑰毕竟是玫瑰。反正现在全世界的情人空间都向自己开放，他拥有给无数个情人献花的权利，干吗不好好行使一下这个权利呢？想到这里，王桥一下子兴奋起来，仪式感必须落到实处才算对得起那几块钱。夜色变得温柔起来，王桥的心也活泛起来。他拿着那束最后的玫瑰，有点儿跃跃欲试，该从哪栋楼开始呢？他在这个小区住了十多年，小区不大，离婚又没再婚的单身女人也就三四个。他把这几个女人在脑子里过了一遍，决定先从最年轻的那个开始。

说干就干！再说时间也不早了，一转眼就九点了，再拖下去就有耍流氓的嫌疑了，跟王桥自恃的知识分子身份也不匹配了。王桥快步走到小区最南边的那栋楼，确定了一下楼层，然后迈开大步就上去了。他站在六楼东户的铁门前，平复了一下呼吸。找了一圈也没发现门铃，这个女人真是活得太粗糙了。他只好举手敲门，一开始轻轻地敲，不过没啥反应。他又重重地敲，还是没啥反应。难道这个年轻女人耐不住寂寞，今天出去约会去了？王桥在心里鄙视了她一下。最后决定再敲一次，如果还是没动静，就果断弃掉。砰砰砰！这次他听到屋里有人喊："谁呀？"还好，这个女人不是太糟糕。王桥轻轻地回答："是我。""你是谁呀?!"女人不耐烦了。真是不知好歹的东西！王桥在心里骂了一句。"是我，王桥。"他只好降低身份，报上了姓名。女人踢踢踏踏地走近门口，屋子里肯定很乱，他听到踢纸箱子和垃圾筐的声音。铁门里面的木门打开了，露出一张还算年轻的脸，头发乱蓬蓬的。女人看到王桥有些吃惊，说："王老师，你来干什么？"王桥把玫瑰花别到身后，说："你把门打开，我进去说。"献玫瑰花是一项很隆重的仪式，怎么能隔着铁门献呢？"不用了，你就在门口说吧，天也不早了。"女人坚持道。"有些话得在屋里说，门口不方便。"王桥也坚持道。没想到这个女人不识好歹，坚持不开门："不方便说就算了，我还有事，您请回吧。"王桥哼了一声，一个不配得到玫瑰花的臭女人！他转身走了，下了楼还在生气。忽然想到自己一直背着手下楼，那个女人会不会发现自己手里的玫瑰花？刚才自己走得有点儿急，她好像没立刻关上门。算了，看到了又怎么样？让她后悔去吧！她现在一定在后悔，情人节有人给她送花，她却因为自己的愚蠢而错过了，这个苦果让她自己去品尝吧。这是她应该付的代价，后悔一年的代价！

接下来该给谁送呢？王桥在心里把那几个女人排了排序。他决定去对面楼那个四十岁左右的女人家里，这个女人的丈夫曾是王桥的同事，后来考上研究生了，离开了单位，也离开了老婆，找了一个研究生女同学志同道合去了。王桥本来对这个男同事很鄙夷，不过在自己也离婚了以后，觉得他一定有自己的难处，同时也为他今晚给自己提供了一个送花机会而觉得他简直算不错了。他迈着有些急切的步子向对面楼走去，刚拐过弯，就借着楼前的路灯，看见同事的前老婆跟一个男人拉着手走过来。他吃了一惊，赶紧缩回身子，免得被对方发现。他们越走越近，终于在紧挨着王桥的楼头单元门口停下来。王桥听到女人娇滴滴的声音："今晚谢谢你啊，请我吃饭，还送我玫瑰花。"男人说道："干吗说得这么客气？应该谢谢你，今晚陪我吃饭。这个周末我们老地方见好吗？""好的，老时间，老地方。"

王桥有些生气，原来这对狗男女已经搭上线了，白费了他的一番心思。趁着没被发现，他急匆匆地往东走，一气儿走到小区最东头的一栋楼前才停下来。怎么办？花不能砸在手里吧？对了，这栋楼里有个五十岁左右的离婚女人，曾在某个公司干过，因为不明原因被单位辞退了，后来丈夫也不要她了，要不就送给她吧！

天越来越晚了，花也越来越蔫儿了。打定主意后，王桥很快就到了二楼西户。他敲敲门，一个女人的声音响起来："谁呀？"随后就听到踢踢踏踏的声音。门开了，露出一张不怎么年轻的脸。看到王桥后，女人有些吃惊，正要询问什么，王桥主动说："今天情人节，我买了一束花，送给你！"女人的脸上露出受宠若惊的表情，这让王桥心里很得安慰。到底上了年岁的女人懂礼貌，有涵养。女人把门打开，王桥把花递给她，女人的脸上也开了一朵花："哎呀，谢谢你啊！花真漂亮！我很喜欢！你进来坐坐吧！"王桥忽然失了兴致，推辞道："不了，天有些晚了，我不进去了。情人节快乐！"他转身急匆匆地下了楼，生怕那女人追上来。女人的声音追过来："谢谢！改天你一定来坐坐啊！"他想起这个女人很热衷相亲，脑子多少有点儿毛病，忽然害怕起来，她该不会缠上自己吧？

第二天，小区里很多人都知道了，昨天情人节，王桥去跟李姐献花求婚了，李姐基本上同意了，正在考虑跟王桥下个月去领证的事。人言可畏，王桥痛恨自己一时心血来潮，过什么狗屁的情人节，这下惹出麻烦来了。他知道那个姓李的女人现在肯定不会听他解释，于是只好用电脑赶写了一份儿告示，黑体加粗一号，打印了几份儿，在小区的东南西北四个门口以及李姐的楼前贴上。告示内容大意是说自己无意与李姐结婚，昨天是个美丽的误会，并引经据典，说明情人节的"情"含义广泛，可以指爱情，也可以指友情、亲情等各种美好的感情，而他对李姐只是小区里的区友情。那束玫瑰花也是他回家时顺路送给李姐的，没有什么求婚的意思，希望李姐不要狭义地理解偏了。

后　记

　　人生天地间，忽如远行客。少年时代，我跟全国一半以上的年轻人一样，也想当个作家。后来从读书转型到教书，一眨眼就人到中年了。世事芜杂，所幸一直没有失掉文学的初心。

　　三四年前的一个冬日下午，我在朋友路也家聊天，说到小时候的乡村印象，往昔种种奇人怪事，言谈间如枯骨复苏，霎时间生机勃勃。路也鼓动我把这些故事写下来。当天晚上回家后，趁着兴致，我便一气呵成，写下第一个冲到笔端的故事——《疯友》。事后我曾想过，为什么疯三奶奶会率先冲出来？这大概与我中和外表下的不羁性格有一定关系。疯三奶奶举起了发令枪，从此我就走上了断断续续写小说的道路。

　　目前为止，我写的大都是儿时记忆中村庄里的人和事，那些是最清晰最难忘的印象。当然，我笔下的村庄和儿时真实的村庄并不完全重合，是被重构了的村庄——鸡鸣村。鸡是村庄里最常见的家禽，于是让它做了代言。儿时的村庄不仅是我生命的出发地，也借着追忆的方式成了我写作的基石，并决定了我小说面孔的清晰度和辨识度。

作为一个中年新手，我少了很多练习的时间；加上我还是个业余写手，平时需要优先完成教学科研任务以及家务……总之，我可以列出多条理由，来为自己的不勤奋写作找借口，虽然这些理由都经不起推敲。这些理由当然也可以拿来解释，为什么我至今只写了一些短篇而没写中篇甚至长篇，但另一方面也可能是性格原因，我总体上不算是一个热情的人。写短篇的好处之一是聚散自由。我敬佩那些写长篇小说的作家，他们对这个世界充满了爱和其他深厚的感情，肯与小说中的人物长时间共处甚至纠缠，这是我难以做到的。

虽然发表的作品不多，但有感于时光飞逝，我决定出一个小集子纪念一下，也算是这几年来写作的一个小结。收入本书的大部分作品已经在《百花园》《星火》《文学港》《青岛文学》《时代文学》《山东文学》《民族文汇》《中国校园文学》等文学刊物上发表。

教学科研家务之余，还能出一部小说集，我内心的喜悦是充盈的，从此我也算是一个奢侈品的拥有者了。人谋天定，成就这件美事，要感谢的自然有一大圈儿。有些我存在心里，有些则必须说出来。

密友路也，鼓动我重拾旧梦写小说，多次帮忙联系发表。这次结集出版，又在百忙之中为我作序，如果遵照古老的礼仪，这本书要献给某个人的话，我想她是最有资格接受这份微薄的献礼的。老友武云，古道热肠，为这个集子的面世多方联络，着实令我感动。

我要特别感谢花山文艺出版社的郝建国社长，慷慨允诺出版这部作品。为一个中年业余新手出版第一部作品集，无疑是有风险的——我希望自己是个潜力股，多年后回首之际，不会感觉辜负了他今日这番成全之美意。同时也感谢本书的编辑老师，没有他的辛勤劳动，这本小书就不会真正面世。

刘　夏

2022 年 4 月于济南